द रायटर ऑफ क्वींसलैण्ड

द वार ऑफ रायटर

देव कुमार

ISBN
Paperback 979-8-89610-971-6
Hardcase 979-8-89632-970-1

यह बात साल, 9 फरवरी, 1960 की है, जब ऑलिवर स्मिथ (Oliver Smith) और उसकी माँ (एमेलिया स्मिथ), क्वीन्सलैण्ड की राजधानी ब्रिस्बेन नगर में रहते थे।

ऑलिवर के पिताजी (थॉमस स्मिथ) Thomas Smith क्वीन्सलैण्ड के बहुत ही जाने - माने मशहूर लेखक थे। जब ऑलिवर छः महीने का था, तब इसके पिताजी ने, अपने आप को स्टेट लाइब्रेरी ऑफ क्वीन्सलैण्ड में फाँसी लगाकर जान दे दी थी।

आज अठारह साल होने तक यह पहेली बनी हुई कि इतने मशहूर लेखक ने आखिर क्यों जान दे दी। आज भी ऑलिवर के परिवार वाले इस मौत का कारण नहीं जान पायें।

ऑलिवर के पिताजी से संबंधित केस अभी तक चलने की वजह से 'स्टेट लाइब्रेरी ऑफ क्वीन्सलैण्ड' को पूरी तरह बंद कर दिया गया।

वही ऑलिवर की माँ (एमेलिया स्मिथ) Amelia Smith अपने बेटे (ऑलिवर) को इन सभी झमेलों से दूर रखना चाहती थी, इसलिए एमेलिया ने ऑलिवर का दाखिला क्वीन्सलैण्ड विश्वविद्यालय करवा दी, जहाँ ऑलिवर अपने ही कालेज के हॉस्टेल में रहकर पढ़ाई करने लगा।

ऑलिवर की माँ भी एक जानी मानी लेखिका थी परन्तु पति के गुजर जाने के पश्चात् उसने लेखन का कार्य छोड़ दी। और अपना पूरा ध्यान अपने बेटे 'ऑलिवर' को देने लगी।

ऐमेलिया के पास पैसो की कोई कमी नही थी फिर भी वह घर में बैठे नही रहना चाहती थी, इसलिए ऐमेलिया ने हेरिसन ब्राउन की सहायिका (Assistant) के रूप में अपना कार्य करने लगी।

हेरिसन ब्राउन ऑस्ट्रेलिया के सबसे प्रसिद्ध लेखक थे।

एक बात तो बताना भूल ही गया, ऑलिवर भी अपने पिताजी (थॉमस स्मिथ) की तरह ही एक महान लेखक बनना चाहता है परन्तु उसकी माँ नहीं चाहती थी कि वह एक महान लेखक बनें।

एमेलिया अपने बेटा को एक डॉक्टर बनाना चाहती थी। एमेलिया यह नहीं चाहती थी कि ऑलिवर भी अपने पिताजी की राह में चले और आगे चलकर, एक दिन अपने आप को एक रस्सी के सहारे, मौंत को गले लगा ले।

ऑलिवर 'क्वीन्सलैण्ड विश्वविद्यालय' में बहुत अच्छे दोस्त बनाये जिनमें मिया जॉसन उनमें से एक है। मिया एक बहुत ही सुलझी और एक खुबसुरत लड़की है।

मिया भी अपने दोस्त ऑलिवर की तरह डॉक्टर बनने की पढ़ाई कर रही थी।

ऑलिवर का मिया से इतनी गहरी दोस्ती थी कि उसे कभी भी अकेलापन का एहसास नही होता था।

ऑलिवर को अपने विषय से संबंधित कुछ कॉलेज प्रोजेक्ट मिले थे, जिस वजह से, वह उस प्रोजेक्ट को रात 2 बजे तक पुरा करने में लगा रहा और फिर जाकर उसने चैन की नींद ली। पर उसे ज्यादा देर चैन की नींद नही मिलने वाली थी क्योंकि सुबह हो चुकि थी।

ऑलिवर, ऑलिवर, जोर से चिल्लाते हुए; मिया ने कहा।

कौन है, जो मेरे रूम के पास आकर लाउडस्पीकर की तरह चिल्ला रही है; ऑलिवर ने कहा।

मै हूँ; मिया ने कहा।

ओ! अच्छा, तुम हो, मुझे पता नही था कि तुम्हारी आवाज में इतनी दम है; ऑलिवर ने कहा।

मेरी आवाज लाउडस्पीकर है! दरवाजा खोलना जरा, फिर मैं तुम्हे बताती हूँ; मिया ने कहा।

अच्छा मुझे माफ कर दो; ऑलिवर ने कहा।

मुझे तुम्हे सुबह-सुबह जगाने का कोई शौख नहीं है। मिया ने कहा।

मुझे इतनी जल्दी सुबह उठने का मन नही था फिर भी एक मुर्गे की तरह बाँग मार ही दी; ऑलिवर ने कहा।

ज्यादा कुछ और बोला, तो मैं यहाँ से चली जाऊँगी; मिया ने कहा।

बता भी दो, कि तुम लड़के के हॉस्टेल में क्यों आई हो; ऑलिवर ने कहा।

मेरा यहाँ आने को कोई शौख नहीं था, पर एक अच्छे दोस्त के नाते, मैं यहाँ आई हूँ; मिया ने कहा।

बता भी दो ना; ऑलिवर ने कहा।

तुम्हारे लिए एक लेटर आया; मिया ने कहा।

लेटर! पर किसने भेजें हैं; ऑलिवर ने कहा।

इला स्मिथ' नाम लिखा है; मिया ने कहा।

ऑलिवर तेजी से अपना दरवाजा खोलता है, और चिट्ठी लेकर तुरंत, अपने आप को, कमरे में बंद कर लेता है।

बड़ा अजीब लड़का है, ना कोई जवाब और ना ही धन्यवाद; मिया ने कहा।

ऑलिवर दुबारा अपना कमरे की दरवाजा खोलता है, धन्यवाद मिया जी; ऑलिवर ने कहा।

मिया आगे कुछ बोलती, उससें पहले उसने, अपने आप को दुबारा अपने कमरे में बंद कर लेता है।

कहीं तुम्हारा दिमाग का एक कोना घसक तो नही गया है, तुम्हारे कमरे के सामने इतनी खुबसुरत लड़की खडी है और तुमने मुझसे दो मिनट बात भी नहीं की।

मेरी दादी तुमसे ज्यादा खुबसुरत है; ऑलिवर ने कहा।

अच्छा! यह तुम्हारी दादी जी का पत्र है; मिया ने कहा।

हाँ यह दूनिया की सबसे अच्छी दादी जी का पत्र है; ऑलिवर ने कहाँ

बताओ, तुम्हारे दादी जी का पत्र में क्या लिखा हुआ है? मुझे जाननी है; मिया ने कहा।

अरे! तुम यहाँ से अब तक गई नही हो? मुझे पहले पढ़ने दो, फिर में तुम्हें बता दूँगा कि मेरी दादीजी ने इस पत्र में क्या लिखा। अभी यहाँ से जाओ, मैं तुम्हे कॉलेज कैम्पस में मिलता हूँ; ऑलिवर ने कहा।

ठीक है, मैं जाती हूँ; मिया ने कहा।

ऑलिवर तीसरी बार अपने कमरे की दरवाजा खोलता है, चलो अच्छा हुआ, मिया यहाँ से चली गई, मैं अब चैन से पत्र पढ़ पाऊँगा।

वह बहुत खुश था कि दादी जी ने इतने सालों बाद, अपने पोते को एक पत्र लिखी है। वह बहुत जिज्ञासा से लिफाफा को फाडने लगा, मानों उसे दुनिया की सारी खुशी उस पत्र को पढ़ने के बाद मिलने वाली हो।

ऑलिवर ने जैसे ही उस लिफाफा को फाडा, जमीन पर कुछ गिरने की आवाजे सुनाई देती है, वह इधर-उधर जमीन पर देखने लगा, तभी उसकी

नजर चाभी पर जाती है। चाभी देख, वह आश्चर्य में पड जाता है, आँखिर दादी ने इस पत्र के साथ, एक चाभी भेजने का क्या तात्पर्य है?

वह कुछ क्षण के लिए इन बातों को ध्यान न देते हुए पत्र को पढ़ने लगता है।

जैसे ही वह पहली वाक्य पढ़ता है, उसे बड़ी आश्चर्य महसूस होता है;

लॉकर नम्बर टेन इन स्टेट लाइब्रेरी ऑफ क्वीन्सलैण्ड

जहाँ तक स्टेट लाइब्रेरी ऑफ क्वीन्सलैण्ड की बात है, वहाँ तक सब ठीक था परन्तु लॉकर न0 10, इसका क्या मतलब है? ऑलिवर को समझ नहीं आ रहा था। उसे अब कुछ अजीब सा आभास होने लगा, कुछ तो उस लॉकर न0 10 का उसके स्वर्गीय पिताजी थॉमस स्मिथ से कुछ संबंध जुड़े हुए थे।

ऑलिवर तुरन्त अपनी दादी इला स्मिय को (न्यूयोर्क सिटी) फोन लगाता है, दादी यह सब क्या है? ऑलिवर ने कहा।

बेटा क्या हुआ? इला ने कहा।

दादी, पिताजी के पत्र में एक चॉबी मिली, मुझे उतना आश्चर्य नहीं हुआ, जितना कि उस लॉकर न0 10 के बारे में जान कर लगा, जो कि यह लॉकर क्वीन्सलैण्ड के स्टेट लाइब्रेरी की है; ऑलिवर ने कहा।

तुम क्या कहना चाहते हो?' इला ने कहा।

मतलब, आपको इसके बारे में कुछ पता नहीं है; ऑलिवर ने कहा।

नहीं इस पत्र से जुड़ी बातें, आजतक तुम्हारे पिताजी ने कभी नहीं बताई थी; इला ने कहा।

आप तो उनकी माँ थी, कुछ याद किजिए, यदि आपको कुछ इस पत्र से जुड़ी रहस्य बताया होगा?' ऑलिवर ने कहा।

हाँ, बस तुम्हारे पिताजी ने बोला था जब तुम 18 साल के हो जाऊगे, तब इस पत्र को अपने पोते ऑलिवर को दे देना; इला ने कहा।

इस पत्र के बारे में, आप अपनी बहु को बता तो सकती थी, पर क्यों इस पत्र के बारे में मेरी माँ को नहीं बताया?' ऑलिवर ने कहा।

मैं बता नहीं सकती थी, यह तुम्हारे पिताजी का आदेश था; इला ने कहा।

पर क्यों?' ऑलिवर ने कहा।

मैं नहीं जानती कि तुम्हारे पिताजी ने ये सब किसलिए किया; इला ने कहा।

जहाँ तक मुझे मालूम है, यह वही स्टेट लाइब्रेरी है, जहाँ मेरे पिताजी ने आत्महत्या की थी; ऑलिवर ने कहा।

हाँ बेटे, उसी लाइब्रेरी में, मेरे बेटे ने अपनी जान दे दी; इला ने रोते हुए कहा।

दादी जी आप रोयें मत, अपना हौसला रखीये, एक दिन सब कुछ ठीक हो जायेगा; ऑलिवर ने कहा।

ऑलिवर को लगने लगा कि स्टेट लाइब्रेरी ऑफ क्वीन्सलैण्ड में उसके पिताजी के कई राज दफन है और वह उस राज को हर हाल में जानने का मन बना लिया। उसने अपनी दादी इला से कहा कि आप बता सकती हो, मेरे पिताजी के कैसे लोगो के साथ उठना-बैठना था या फिर उनके किसी से दुश्मनी रहीं होगी।

जहाँ तक मुझे पता है, तुम्हारे पिताजी के साथ किसी से भी दुश्मनी नही थी। वे बहुत ही नेक आदमी थे। इतना बड़ा लेखक होने के बावजूद,

उनमें घमंड नाम का चीज नहीं था। वह हमेसा लोगों की भलाई किया करते थे परन्तु दूसरी ओर, तुम्हारे पिताजी से जलने वाले बहुत लोग थे।

कैसे लोग, जो मेरे पिताजी से जलते थे?; ऑलिवर ने कहा।

मुझे बस इतना पता है कि तुम्हारे पिताजी के ऑफिस के लोगों ने एक-दो बार मुझें बताया था कि एक क्वीन्सलैण्ड के एक बड़े प्रकाशक से किसी बात को लेकर, एक महीनो तक कोर्ट में केस चलें थे; इला ने कहा।

पर क्या केस था?' ऑलिवर ने कहा।

यही कि वे नही चाहते थे कि अपनी आने वाली नॉवेल को कोई दुसरा प्रकाशक छापे क्योंकि तुम्हारें पिताजी ने उस बड़े प्रकाशक के साथ 10 साल का एग्रीमेन्ट किया था; इला ने कहा

क्या पिताजी ने इस एग्रीमेन्ट को आगे जारी रखा या फिर इस एग्रीमेन्ट को तोड़ दी; ऑलिवर ने कहा।

हाँ, आगे चलकर चलकर तुम्हारे पिताजी ने 100 मीलियन देकर, इस करार को तोड़ दी, तुम्हे पता है, इन दोनों लोगों को लडवानें के पिछे ऑफिस के ही किसी एक व्यक्ति का हाथ था; इला ने कहा।

कौन था? इसके पीछे; ऑलिवर ने कहा।

यह कोई जान नहीं पाया; इला ने कहा।

अब मैं, अपने पिताजी के मौत से जुड़े रहस्य को जानकर ही रहूँगा, चाहे कुछ हो जाए, मै जरूर उस स्टेट लाइब्रेरी में जाकर यह पता लगाऊँगा कि आखिर वहाँ के लॉकर रूम में क्या राज छिपे हुए है?' ऑलिवर ने कहा।

नहीं-नहीं बेटा, मुझसे वादा करो कि तुम वहाँ कभी नहीं जाओगे। मैं पहले ही मेरे बेटे को खो चुकी हूँ। तुम ही मेरे आँखिरी चीराग हो; इला ने कहा।

आप नही चाहते हो कि आपके बेटे के हत्यारों को सजा मिलें; ऑलिवर ने कहा।

हाँ, मैं चाहती हूँ, मेरे बेटे के हत्यारो को सजा मिले परन्तु तुम्हें खो के नहीं; इला ने कहा।

चिंता छोड़ दिजिये दादी, आप जानती हो ना, अच्छे लोगो के साथ हमेसा अच्छा ही होता है; ऑलिवर ने कहा।

लाइब्रेरी तो पूरी तरह सील है, साथ ही पुलिस का सुरक्षा पहरा है, तुम उस लाइब्रेरी के अंदर कैसे जाओगे। यदि तुम पकड़े गए तो, बहुत बवाल हो सकता है, इसके अलावा तुम्हें जेल भी हो सकती हैं; इला ने कहा।

इसकी चिंता मत करीये, मैं अकेला ही काफी हूँ, अच्छा फोन रखता हूँ, अपना ख्याल रखना; ऑलिवर ने कहा।

ऑलिवर ने तुरन्त मिया को फोन किया और कहा, मुझे तुम्हारी मदद चाहिए।

किस प्रकार की मदद?' मिया ने कहा।

तुम्हे पता है ना, कल मेरी दादी जी का एक पत्र आया था जिसमे एक चॉबी थी और उस चॉबी का संबंध स्टेट लाइब्रेरी ऑफ क्वीन्सलैण्ड से है; ऑलिवर ने कहा।

क्या? मुझे तो समझ नही आ रही है कि तुम कहना क्या चाहते हो? तुम्हारे पिता के मौत का संबंध स्टेट लाइब्रेरी से है; मिया ने कहा।

मै जानता था कि तुम चौंक जाऊँगा, मैं भी पहली बार ऐसा ही महसूस किया था; ऑलिवर ने कहा।

तो बताओ, तुम्हे, मुझसे किस प्रकार की मदद चाहिए, तुम्हारे लिए जान भी हाजिर है; मिया ने कहा।

तुम्हे जान देने की कोई जरूरत नहीं है, बस तुम्हारे पुलिस अंकल (Luke Johson) से मदद चाहिए थी; ऑलिवर ने कहा

यह लो फोन नम्बर और बात कर लो; मिया ने कहा।

नही-नही, इतनी बड़ी बात, मैं फोन में नहीं कर सकता हूँ, ऐसा नहीं हो सकता है कि तुम्हारे अंकल से हम दोनो, किसी होटल में मिलें; ऑलिवर ने कहा।

ठीक है, मैं अपने अंकल से बात करती हुँ, यदि वह मान गए तो ठीक है, नही तो, तुम्हे, मेरे अंकल से बात करनी पड़ेगी; मिया ने कहा।

दस मिनट बाद मै फोन करता हूँ; ऑलिवर ने कहा।

फोन की घण्टी बजती है, ऑलिवर तुरंत देरी किये बिना फोन उठाता है, बताओ, क्या तुम्हारे अंकल मान गए?

कैसे नहीं मानते, आँखिर मिया जो हूँ, मैं एक बार जिस बात पर अड़ जाती हूँ, मै उसे पूरा करके ही मानती हूँ।

मै, तुम्हारा कैसे धन्यवाद करू; ऑलिवर ने कहा।

इसकी कोई जरूरत नही है; मिया ने कहा।

शाम पाँच बजे(Hotel W)

अगले दिन सुबह, ऑलिवर और मिया, पुलिस अधिकारी Luke Jhonson से मिलने Hotel W में पहुँचते है। किसी को शक ना हो, इसलिए ऑलिवर ने, मिया के अंकल को सिविल ड्रेस में आने को कहा।

ऑलिवर ने पुलिस अधिकारी ल्यूक से कहा, मेरे पिता का मौत के पीछे का क्या कारण था कि 18 सालों तक क्वीन्सलैण्ड के पुलिस विभाग

पता नहीं कर पाई है कि, मेरे पिता ने आत्महत्या की थी या फिर उनकी हत्या की गई थी।

तुम्हें क्यों लगता है, कि तुम्हारें पिता ने आत्महत्या नही की थी, बल्कि उनकी हत्या की गई थी; ल्यूक ने कहा।

मिस्टर ल्यूक, आपको पता है, मुझे कल एक पत्र मिला है, जिसका संबंध उस स्टेट लाइब्रेरी ऑफ क्वीन्सलैण्ड से है,जहाँ मेरे पिताजी ने आत्महत्या की थी और इसके अलावा इस पत्र के साथ एक चॉबी भी है, जो स्टेट लाइब्रेरी के लॉकर न0 10 का है, मुझे लगता है, उस लॉकर न0 10 में बहुत ही महत्वपूर्ण वस्तु है; ऑलिवर ने कहा।

बड़ी ही विचित्र बात है, आज तक पुलिस को भी पता नही है कि तुम्हारे पिता का एक लॉकर भी, उस स्टेट लाइब्रेरी में था; ल्यूक ने कहा।

ये कैसे हो सकता है? किसी को मेरे पिता का कोई लॉकर हो और लाइब्रेरी के स्टॉफ को पता ना हो?' ऑलिवर ने कहा।

लगता है, लाइब्रेरी का कोई स्टॉफ को पता हो और इस बात को किसी को पता भी नही चलने दी हो कि तुम्हारे पिता थॉमस स्मिथ का एक लॉकर भी है; मिया ने कहा।

मिया, तुमने सही बोला या फिर हो सकता है, मेरे पिताजी ने स्टेट लाइब्रेरी के किसी स्टॉक को यह बात नही बताने को कहा हो, कि उनका एक लॉकर भी है; ऑलिवर ने कहा

ऐसा क्या था उस लॉकर में, जो तुम्हारे पिताजी छिपा रहे थे; मिया ने कहा

हो सकता है, मेरे पिताजी को जान का खतरा था और उस लॉकर में ऐसा कुछ छिपा कर रख रहे थे, ताकि दूसरा कोई जान ना पाये; ऑलिवर ने कहा।

पर मुझे एक बात खटक रही है कि तुम्हारे पिताजी के आत्महत्या के बाद, उस लाइब्रेरी के स्टाफ का क्या हुआ, और उसने क्यों नही बताया कि तुम्हारे पिताजी का एक लॉकर भी है, यदि वह लॉकर से जुड़ी बातें पुलिस को अठारह साल पहले बता देता तो हो सकता था, तुम्हारे पिता ने आत्महत्या की थी या फिर उनकी हत्या किया गया था, इस बात की गुत्थी सुलझ सकती थी; मिया ने कहा।

अब मैं पूरी तरह यकीन से कह सकता हूँ कि मेरे पिता की हत्या की गई, इसमें उस स्टॉफ का भी हाथ है; ऑलिवर ने कहा।

ऑलिवर और मिया की बातो को काटते हुए मिस्टर ल्यूक ने कहा आप दोनों को एक जासूस होना चाहिए और जासूस तो, पुलिस से भी ज्यादा तेज होते है, तो मेरी क्या जरूरत है?

ये हमारा सिर्फ और सिर्फ अनुमान है, और आपको क्यों लगता है कि मुझे आपकी जरूरत नहीं है, आप ही हो, जो मेरे पिता के कातिल तक पहुँचा सकते है; ऑलिवर ने कहा।

मिस्टर ल्यूक ने बताया कि, हमलोग जल्द पता कर लेगें कि आप के पिता के मौत के पीछे का क्या कारण था।

वेटर आता है, और तीनो लोगो को कॉफी देकर चला जाता है। सभी कॉफी के दो घूट पीये ही थे, तभी ऑलिवर कहता है, मैं स्टेट लाइब्रेरी ऑफ क्वीन्सलैण्ड के अंदर जाना चाहता हूँ इसके लिए मिस्टर ल्यूक आपकी मदद चाहिए। इतना सुनते ही, मिस्टर ल्यूक कॉफी पीना छोड़ देते है।

आर यू मेड? तुम्हे पता है? यह काम कितना खतरनाक है, चलो यदि मान लो, मैं तुम्हे स्टेट लाइब्रेरी के अंदर पहुँचा देता हूँ, पर क्या सबूत है कि उस लॉकर के अंदर कुछ है? हो सकता है, वहाँ से सारी चीजों को हटा दिया गया हो?' ल्यूक ने कहा।

फिर भी मैं एक बार स्टेट लाइब्रेरी के अंदर जाना चाहता हूँ और आपके बिना यह संभव नहीं है; ऑलिवर ने कहा।

ठीक है, मैं तुम्हे स्टेट लाइब्रेरी के अंदर जाने में मदद करूँगा, मैं तुम्हारे साथ अंदर नहीं जा पाऊँगा और तुम्हे अकेले ही सबकुछ करना होगा; ल्यूक ने कहा।

मुझे मंजूर है; ऑलिवर ने कहा।

कुछ देर बाद, ऑलिवर और मिया अपने-अपने हॉस्टेल की ओर रवाना हो जाते है।

सोमवार रात 12 बजे, स्टेट लाइब्रेरी ऑफ क्वीन्सलैण्ड

ऑलिवर, मिया को बिना बताये, स्टेट लाइब्रेरी की ओर निकल जाता है और पहुँचने के साथ ही उसने मिस्टर ल्यूक की मदद से किसी तरह स्टेट लाइब्रेरी ऑफ क्वीन्सलैण्ड के अंदर पहुँच जाता है।

जैसे ही अंदर पहुँचता है, चारों ओर अंधेरा-ही अंधेरा था, मानो कोई काल कोठरी हो। जब ऑलिवर उस कमरे में पहुँचता है जहाँ उसके पिता ने आत्महत्या की थी, मानो कमरा उसे कुछ बताना चाह रही थी कि बेटा, तुम्हारे पिताजी ने आत्महत्या नहीं की, उन्हे फाँसी लगाकर, उनकी हत्या की गई है, ऑलिवर जोर-जोर से चिखना-चिलाना चाहता था कि पिताजी आपके साथ किसने यह सब किया, यदि मैं बड़ा होता तो, आपके साथ ऐसा कभी नहीं होने देता। पिताजी मुझे आपकी बहुत याद आती है।

मुझे पुरा यकीन है, आप जहाँ भी होंगे, आप मुझे बहुत याद करते होगें। आज आपको, मुझ पर बड़ा गर्व होगा कि आपका बेटा, आपको न्याय दिलाने का पहला कदम बढ़ाया है। तभी ल्यूक का फोन आता है जल्दी अपना काम करो और वहाँ से निकल जाओ।

ऑलिवर कल्पनाओं की दुनिया से बाहर आ जाता है, वह जल्दी से लॉकर नम्बर दस देखता है और जब लॉकर को चॉबी से खोलने की कोशिश करता, उसके हाथ काँपने लगते है, मानों लॉकर चिख-चिखकर कह रहें है, इसे मत खोलो, ना जाने इसे खोलने के बाद, तुम्हे लोगो से और रिश्तो से विश्वास उठ जाए।

ऑलिवर दूसरी बार में, लॉकर नम्बर 10 को खोल लेता है, जहाँ उसे एक डॉयरी मिलती है, वह डॉयरी को पकड़ कर, स्टेट लाइब्रेरी से बचकर निकल जाता है, वह जैसे ही स्टेट लाइब्रेरी से निकलता है, वह खुब दौड़ता है, और वह इतना दौड़ता है कि 5 किलोमीटर दौड़कर अपने हॉस्टेल के कमरे मे पहुँच कर अपने आप को, बंद कर लेता है।

सुबह 3 बजे

बॉयज हॉस्टेल ऑफ क्वीन्सलैण्ड

ऑलिवर सबसे पहले अपने मन को शांत किया और अपने पिताजी के डायरी को खुब निहारने लगा, मानों उसके पिता ने उसे पहली बार कोई उपहार दी हो और उसे पाकर, दुनिया की सबसे बड़ी खुशी मिली हो।

कुछ देर बाद, डॉयरी को पढ़ने की कोशिश करता है परन्तु वह उस डायरी का एक पन्ना भी पलटने में संकोच कर रहा था, उसके मन से हजारो सवाल दिखाई पड़ रहे थे कि ना जाने इस डायरी को पढ़कर, मैं अपने आप को संभाल पाऊँगा, कि नहीं।

'ऑलिवर फिर भी पहला पन्ना को पढ़ना शुरू करता है।'

मेरे प्यारे बेटे ऑलिवर, जब तुम्हे यह डायरी '10' मिलेगी, तब शायद मैं जिंदा रहुँगा या फिर नहीं। यह तो भगवान ही जानता है, इस डायरी जिसका नाम मैने टेन रखा था, जब तुम इसे पढ़ोगे, तब तुम्हे दुनिया

का एक ऐसा सच्चाई सामने आयेगी, जो तुम्हारे जीवन को भी झकझोर कर रख देगी।

जो बात तुम्हे बताने जा रहा हूँ, यह उस समय की है, जब मैने क्वीन्सलैण्ड विश्वविद्यालय में दाखिला लिया था, मुझे शुरूआत के दिनों में थोड़ा असहज महसूस कर रहा था क्योंकि मैं किसी से परिचित ना होने के कारण, मै प्रतिदिन कॉलेज की क्लास करता और क्लास खत्म होते ही, घर की ओर निकल पड़ता, यह सिलसिला एक महीनो तक चला। बाद में, मैं लोगों से घुलने मिलने लगा और देखते ही देखते, मेरे दो सबसे अच्छे दोस्त बन गए, जिनका एक का नाम एमेलिया था और दुसरा का नाम Harry (हेरी) था। हम तीनो दोस्तो के चर्चे, कॉलेज के चारो ओर थे।

उसके अलावा हम सभी ने ही, कॉलेज (क्वीन्सलैण्ड विश्वविद्यालय) मे 'कला विषय' को ही, अपना आधार बनाया क्योंकि हम तीनों को ही आगे चलकर, एक सफल लेखक बनने का लक्ष्य था।

हम सभी कॉलेज के खाली समय में, बगीचे में बैठकर नॉवेल लिखते और एक दूसरे को सुनाया करते। मैंने इतनी गहरी दोस्ती, मेरे जीवन में, किसी और से इस प्रकार का नहीं निभाया था। यह मेरे जीवन में सबसे खुशनुमा पल था, जिसे मैं बड़ी ही जोश में जीये जा रहा था।

समय बीतने के साथ ही, मेरा झुकाव तुम्हारी माता एमेलिया की तरफ, कब हुआ मैं नहीं जानता परन्तु यह मेरे जीवन का सबसे अच्छे पलों मे से थे। एमेलिया भी मुझसे उतनी ही ज्यादा प्यार करती थी जितना मैं करता था।

तीन साल बाद, हम तीनो की कॉलेज की पढ़ाई पूरी हो चुकी थी। मैं चाहता था कि कॉलेज की पढ़ाई खत्म होते ही, एमेलिया से शादी कर लूँ। परन्तु उससे पहले, मैं एक सफल लेखक बनना चाहता था।

हम सभी अपने-अपने घर चले गए जैसे एमेलिया और Harry (हेरी), सिडनी चले गए और मैं अकेला, क्वीन्सलैण्ड के ब्रिस्बेन शहर में रह गया। वे दोनो अपने-अपने नौकरियों में व्यस्थ थे परन्तु मैने कोई नौकरी करनी नहीं चाही क्योंकि मैं तुम्हारी दादीजी को अकेला छोडकर कहीं नही जाना चाहता था।

इसलिए मैंने अपने घर को ही अपना ऑफिस बनाकर, लेखन का कार्य शुरू कर दी थी। शुरू में, मैने छोटे-मोटे अखबारों और पत्रिकाओं के लिए काम करने लगा, जिससे घर का खर्चा निकल जाता था और वहीं दूसरी ओर खाली समय में, मै अपना Novel (नॉवेल) लिखता।

यह सब डॉयरी में पढ़कर, ऑलिवर कुछ समय के लिए, पढ़ना बंद कर सोचने लगा, मेरे पिताजी अपनी माँ का ख्याल रखने के लिए नौकरी नहीं की, वे अपने परिवार से कितने प्यार करते थे, शायद वे जिंदा होते तो, मुझसे भी उतनी प्यार करते जितना की दादी जी को करते थे। कुछ देर बाद, ऑलिवर ने दुबारा डॉयरी पढ़ना शुरू किया। आगे उसके पिता लिखते है।

एक महीने बाद मेरी पहली उपन्यास (श्री फ्रैण्ड) Three Friends छपी। यह मेरा पहला उपन्यास था। जहाँ पहली ही बार में, इसे प्रकाशित करने में सफल हुआ। जिसने सारे रिकार्ड तोड डाले। एक दिन में, मेरी नॉवेल की एक लाख कॉपिया बिकी। मैं बहुत खुश था कि मेरी पहली नॉवेल को, लोगो ने हाथो - हाथ लिया, यह मेरी पहली जीत थी। मुझे और भी आगे जाना था।

तुम्हारे पिताजी का आत्मविश्वास, अब और भी ज्यादा हो गया और देखते ही देखते मैने और पांच किताब डाली, जिसने मुझे क्वीन्सलैण्ड का सबसे मशहूर लेखक बना दिया, जिसके कारण मुझे वर्ष 1912 को, एक

अच्छी Novel (नॉवेल) के लिए मेन बुकर अवार्ड(Man Booker Prize) मिला, जो अस्ट्रेलिया में दिया जाने वाला महत्वपूर्ण अवार्ड था।

मैं कुछ सालो में, क्वीन्सलैण्ड और इसके साथ ही, अस्ट्रेलिया का, सबसे धनी लेखक बन गया था। मुझे लेखन के क्षेत्र में महत्वपूर्ण भूमिका निभाने के लिए, ''प्राईम मिनिस्टर लिटरेरी अवार्ड'' (Prime Minister's Literary) से नवाजा गया।

अवार्ड मिलने की खुशी में, मैने एक बहुत बड़ी पार्टी रखी थी, जहाँ देश के जाने-माने, पॉलिटिशियन, कारोबारी, फिल्म जगत के लोग पधारे थे, मैं तो बताना भूल ही गया, मेरे सबसे करीबी दोस्त एमेलिया और हेरी भी पहुँचे थे।

जिस दिन मैने पार्टी रखी थी, उसी दिन तुम्हारी माँ ऐमेलिया को, अपने प्यार का इजहार कर, उससे सगाई कर डाली, आँखिर कौन ऐसी लड़की होगी, जो इतने बड़े लेखक को ना कहे। तुम्हारी दादी इस फैसले से बहुत खुश थी कि चलो, उसका बेटा, एक अच्छी लड़की से सगाई की है। मैं भी बहुत खुश था कि जैसा मै चाहता था, वैसा ही हुआ।

पार्टी में सभी लोग खुश थे, सिवाय हेरी के, मैने उसकी वजह जाननी चाही, आँखिर मेरा दोस्त इतना मायूस क्यों है?

हेरी, इतने आलीशान पार्टी में, सभी खुशी से झूम रहे है, और तुम एक कोने में आकर अकेले बैठे हो, बताओ, तुम्हे कोई दिक्कत या फिर कोई परेशानी है? ; थॉमस ने कहा।

क्या बताओं मेरे दोस्त, मेरे पास कोई अच्छा काम नहीं है, मैने भी बहुत सारे नॉवेल लिखे परन्तु सफल ना हो सका और सफल नही होने के कारण, मैने लेखन का कार्य छोड़, अब मुझे एक अच्छी नौकरी की तलाश है; हेरी ने कहा।

बस! इतनी सी बात है और मेरा दोस्त उदास है, बुरा नही मानोगे एक बात बोलूँ, मेरे ऑफिस में, एक सहायक की जरूरत है, मै चाहता हूँ, तुम उस जगह पर काम करो; थॉमस ने कहा।

नही यार, इतना बड़ा काम को, मैं कैसे संभाल सकता हूँ, मुझे कोई छोटी-मोटी पद पर रख लो; हेरी ने कहा।

नही, तुम ही मेरे, सहायक का पद पर काम करोगे; थॉमस ने कहा।

पहले तो, हेरी इस काम को करने से मना किया परन्तु मेरे समझाने के बाद, उसने हामी भर दी।

एक साल बाद, मैने तुम्हारी माँ एमेलिया से शादी कर ली। हमारी जीवन काफी हँसी खुशी से चल रही थी। हम तीनो दोस्त एक बार फिर से एक हो गए थे। सबसे ज्यादा खुशी तुम्हारी दादी को थी क्योंकि उन्हे जैसी बहु चाहिए थी आँखिर उन्हे मिल ही गई। अब मेरा परिवार, एक परिवार बना था।

ऐमेलिया मेरे जीवन में एक लक बन कर आयी थी, उसके आते ही, मै अस्ट्रेलिया का सबसे चर्चित कपल बन गये थे, हर अखबारों और मैग्जीनो में हमारे ही चर्चे होने लगे।

जब तुम्हारी माँ प्रेग्नेन्ट हुई, मेरा खुशी का ठिकाना ना था, मै भी, हर पिता की तरह, अपने आने वाला बच्चे को लेकर प्लानिंग करता, मैने एमेलिया से कहा, यदि लड़की हुई तो, मै उसे लेखिका बनाऊँगा और यदि लड़का हुआ तब भी मैं लेखक बनाऊँगा। इस बात को लेकर तुम्हारी माँ और मेरे बीच काफी प्यार भरी नोकझोक होती रहती थी।

तुम्हारे पिता ने एक महीने बाद से ही एक नया नॉवेल लिखना प्रारंभ कर दिया था जिसका नाम मैने टेन (10) रखा, जो एक मर्डर मिस्ट्री पर आधारित थी। इस नॉवल से मुझे बड़ी उम्मीदे थी।

मुझे लगने लगा था, इस नॉवेल टेन (10) के कारण, मै दुनिया का एक महान लेखक बन कर उभरूँगा।'

मैंने इस नॉवेल को पुरा करने में, दिन रात एक दी, इसे लगभग लिखकर पूरा कर ही दिया था, फिर भी मैं इस नॉवेल में और दस पेज जोड़ना चाहता था परन्तु, आदमी जैसा सोचता है, वैसा होता ही नही।

कुछ दिनो बाद से, मै दिन-प्रतिदिन कमजोर होते जा रहा था। मेरे सोचने और लिखने की क्षमता भी कम होती जा रही थी जिसके कारण मैने, डॉक्टर की सलाह से कुछ दवा लेना प्रारंभ कर दिया परन्तु मैं इस दवा के लेने की वजह से, स्वस्थ होने के जगह, मैं बीमार होने लगा और अब मेरा शरीर जवाब देने लगा था और अगले एक महीने के अंदर डिप्रेशन के गर्त में चला गया। मुझे समझ नही आ रहा था कि आँखिर मै, इतना स्वस्थ से कमजोर कैसे हो गया?

मैंने अपने खराब स्वास्थ को देखते हुए, मैंने तुरन्त अपने वकील को बुलवाया और अपने वकील मिस्टर रॉबर्ट (Mr. Robert) से कहा कि जल्द से जल्द, एक मजबूत वसीयत बनाए।

ओके थॉमस स्मिथ, मैं जल्द से जल्द एक मजबूत वसीयत, आपके पुत्र के नाम पर बनाता हूँ; रॉबर्ट ने कहा।

एक सप्ताह के अंदर वसीयतनामा तैयार हो गया, और मैने 200 मिलियन डॉलर की संपति तुम्हारे नाम की दी क्योंकि मुझे लगने लगा था कि मेरी जिंदगी के ज्यादा दिन नही बचे है।

एक बात बता दूँ, जब तुम 30 साल के हो जाओगे, तब यह सारी 200 मिलियन डॉलर की संपति, तुम्हारे नाम हो जायेगा। मैं तुम्हे एक बड़ा लेखक बनना देखना चाहता हूँ, यह मेरी आँखरी इच्छा है बेटा, मुझे निराश

मत करना और कड़ी मेहनत के दम पर, एक सफल लेखक बनना, मुझे उम्मीद है कि तुम मुझे निराश नही करोगें चाहे मैं जिंदा रहूँ या ना रहूँ।

ऑलिवर मे अपने आप से कहा, पिताजी, मैं जरूर एक सफल लेखक बनूँगा।

आगे उसके पिता ने बताया, जिस नॉवेल के केवल दस पेज ही बचे थे, उसे पूरा करने में, मुझे 6 महीने लग गए क्योंकि अब तुम्हारे पिता की बोलने और लिखने की शक्ति भी खत्म हो चुकी थी, अब मैं ढंग से बोल और लिख नही पा रहा था जिस कारण मै हताश हो गया था। मुझे एक बात सताया जा रहा था कि, अब मेरे होने वाले पुत्र को देख पाऊँगा कि नही, ना जाने भगवान ने मेरा क्या भविष्य लिखा है?

तुम्हे एक बात जानना बहुत जरूरी है कि, मैं डॉयरी में जो कुछ लिखता था और लिखने के बाद, मै उस डॉयरी को स्टेट लाइब्रेरी के लॉकर न0 दस(10) में रखता ताकी किसी को भी, इस डॉयरी में लिखे हुए राज किसी को पता ना चलें।

मैं सप्ताह में एक बार स्टेट लाइब्रेरी जाता और वहीं जाकर डॉयरी लिखता, मैं कभी भी अपने घर पर डॉयरी नही लिखता था।

किसी को मालूम नहीं था कि तुम्हारे पिता का, उस स्टेट लाइब्रेरी में एक लॉकर भी है, सिवाय ल्यूकस के। यह मेरा सबसे विश्वासी मित्र था जो स्टेट लाइब्रेरी का एक कर्मचारी था। यहाँ तक की तुम्हारी माँ को भी पता नही था कि तुम्हारे पिता एक डॉयरी लिखते है और उस डॉयरी को एक लॉकर में छिपा कर रखते है क्योंकि तुम्हारी माँ पिछले छः महीनो से कुछ निराश लग रही थी या फिर कहूँ थोड़ी अजीब हरकते करने लगी थी। मुझे लगा, शायद मेरे स्वस्थ को लेकर चिंतित हो।

उसके एक सप्ताह बाद, मेरे कम्प्यूटर फाइल से, मेरे लिखे हुए नॉवेल टेन(10) चोरी कर ली गई, मेरे तो पेरो तले जमीन ही खिसक गई।

अब तुम्हारे पिताजी को समझ आने लगा कि कोई मेरा ही अपना धोखा दे रहा है, या फिर मेरे खिलाफ बहुत बड़ी साजिसे रची जा रही थी और मुझे ही पता ना था।

ये कोई मामूली बात नही थी कि एक ओर तुम्हारे पिता का बोलने और लिखने की क्षमता खत्म होना ओर वहीं दूसरी ओर मेरे लिखे हुए नॉवेल की कहानी का चोरी होना। इन दोनो घटनाओ का एकसाथ घटित होना थोड़ा अजीब लग रहा था।

"मैं इतना असहज महसूस कर रहा था कि मैं इसे किसी को भी बता नहीं सकता था।"

अब मेरा पूरा शक हेरी ब्राउन (Harry Brown) यानी मेरे दोस्त पर होने लगा क्योंकि मेरे Assistant (सहायक) होने के नाते, वही सारे काम को देखता था।

मैं अब दिन-रात उसके हरकतो पर नजर रखने लगा था क्योकि मैने घर को ही अपना ऑफिस बना लिया, इससे मुझे हेरी पर ज्यादा से ज्यादा, उसके करतुतों पर ध्यान रख पा रहा था। अब मुझे ऑफिस जाने की कोई जरूरत नही थी।

अब मै घर से ही पूरा काम करने लगा क्योंकि डॉक्टरो ने मेरी हालत को देखते हुए, ज्यादा चलने को नहीं कहा था।

मेरा अस्सिटेन्ट हेरी ब्राउन को अपने घर से सारा काम को करवाता। कहावत है ना; अपने दोस्त से ज्यादा अपने दुश्मन को सबसे करीब रखना चाहिए'।

वही काम तुम्हारे पिता कर रहे थे। एक दिन मै हेरी को कहते हुए सुना कि काम हो गया मेरी जान।

मै इतना कमजोर हो गया था कि किसी को बोलकर, इन सारी बातों को बता नहीं सकता था, इतनी मेरी हालत खराब हो चुकी थी। मैं यह जान कर दंग था कि मेरे दोस्त हेरी के साथ उसकी गर्लफ्रेण्ड भी मिली हुई है।

मुझे लगने लगा कि हेरी को मुझपर शक हो चुका है। तुम्हारे पिता एक सप्ताह से लाइब्रेरी नहीं गये थे इसलिए मैंने ड्राइवर से कहकर, स्टेट लाइब्रेरी ऑफ क्वीन्सलैण्ड की ओर निकल पड़ा, मैं रास्ते भर सोचता रहा, आज मेरी जीवन का आँखरी दिन हो सकता है, मानो अब मुझे चारो ओर अंधकार सा महसूस होने लगा।

जैसे ही मैने स्टेट लाइब्रेरी पहुँचा, मैंने तुरन्त अपना डॉयरी लिखकर, अपने लॉकर में रखवा दी और उस लॉकर की चाबी को, एक लिखे हुए पत्र के साथ, इन दोनो को एक लिफाफे में बंद करके सभी को मेरे विश्वासी दोस्त Lukas (ल्युकश) को दे दी और कहा, इसे यथासंभव हो सके तो, मेरी माताजी इला स्मिथ को भेज दे।

जब तुम्हे मेरा डायरी मिलेगी, तबतक मैं इस दुनिया मैं नहीं रहूँगा और सिर्फ यादे ही बचकर ही रह जायेगी।

जब ऑलिवर ने, अपने पिताजी को डॉयरी पढ़ी तो उसके आँसू रूक नहीं रहे थे, वह इस डॉयरी को पढ़कर अब किसी में विश्वास नहीं कर सकता था, सिवाय अपने माँ के।

वह अपनी माँ को, इस डॉयरी से जुड़ी बाते नहीं बताने का प्रण ले लिया क्योंकि वह अपनी माँ को और परेशानियो में देखना नहीं चाहता था।

वह खुद ही उन लोगों तक पहुँचने का तरकीब सोचने लगा कि उसके पिता के मौत के कारण के पीछे कितने सारे लोगो का हाथ है।

ऑलिव्र को यहाँ पर एक कहावत याद आ जाती है,

"बहुत दुश्मन बनाने के लिए जरूरी नहीं लड़ा जाए, आप थोड़ें कामयाब हो जाओ तो वो खैरात में मिलेंगे"

ऑलिवर अगले दिन मिया से कहा कि मैं अब डॉक्टर नही बनना चाहता हूँ और मै अपना घर जा रहा हूँ।

आँखिर क्यों?' मिया ने कहा।

वक्त आने पर सब कुछ दूँगा, अभी मैं कुछ नही बता सकता हूँ; ऑलिवर ने कहा।

ऑलिवर अपना बैग पैकिंग की और अपने घर की ओर निकल पड़ा।

सुबह 9 बजे, ब्रिस्बेन शहर

घर की घण्टी की आवाज सुनाई देती है।

माँ, मै हूँ; ऑलिवर ने कहा।

कौन?' एमेलिया ने कहा।

अरे! मैं अपका बेटा ऑलिवर; ऑलिवर ने कहा।

ऑलिवर तुम यहाँ?' एमेलिया ने कहा।

हाँ, क्या मैं यहाँ नहीं आ सकता हूँ; ऑलिवर ने कहा।

ऐसी कोई बात नहीं है, तुम कभी भी अपने घर आ सकते हो, पर ऐसा कोई भी, बिना बताये नहीं आता; एमेलिया ने कहा।

अब मुझे अपने घर, बता कर आना होगा; ऑलिवर ने कहा।

एक बात बोलूँ, क्या तुम कॉलेज से छुट्टी लेकर अपनी माँ से मिलने आये हो या फिर कॉलेज कुछ दिनो के लिए बंद है; एमेलिया ने कहा।

नही, ऐसी कोई बात नही है, मैने अपना कॉलेज हमेशा के लिए छोड़ दिया है; ऑलिवर ने कहा।

पर क्यो?' एमेलिया ने कहा।

मै बता नही सकता, पर यह सच है कि अब मै कॉलेज कभी नही जाऊँगा और ना ही मुझे, एक सफल डॉक्टर बनना है; ऑलिवर ने कहा।

ऐमेलिया हैरानी से पूछती है, आँखिर बेटा, तुम क्यों कॉलेज जाना नहीं चाहते हो? तुमसे किसी ने कुछ कहा है? या फिर तुम्हे कॉलेज से निकाला गया है? मुझे बताओ, मैं खुद तुम्हारे कॉलेज जाकर प्रिन्सिपल से विनती करूँगी कि मेरे बेटे को कॉलेज से न निकाले।

ऑलिवर अपनी माँ से कहा, जितना आप सोंच रही हो ना, वैसा कुछ भी नही हुआ है, मुझे कॉलेज से किसी ने भी नही निकाला है और अब मैं किसी भी हालत में दुबारा अपना कॉलेज नही जाऊँगा और आप से उम्मीद है कि आगे से इससे संबंधित कोई और सवाल नही पुछेंगी। समय आने पर, मै सबकुछ बता दूँगा।

वैसे माँ, पिताजी की मौत को वजह क्या थी? जिसने मेरे पिताजी को, मौत को गले लगाना पड़ा; ऑलिवर ने कहा।

इन सब बातो को सुनकर एमेलिया रोने लगती है और कहती है, बेटा, तुम्हारे पिताजी अपने लिखे नॉवेल टेन (10) के चोरी हो जाने के कारण, थोड़े डिप्रेशन में चले गये थे, वही डिप्रेशन के वजह से, तुम्हारे पिताजी ने आत्महत्या कर ली।

एमेलिया आगे कहती है, यहाँ तक की पुलिस भी नहीं जान पाई है कि उनके आत्महत्या के पीछे का कारण क्या था?

मैं नही चाहती हूँ कि मेरा बेटा इन मामलों के पचड़ो मे पड़े इसलिए मैने तुम्हे क्वीन्सलैण्ड विश्वविद्यालय के हॉस्टेल मे रखा ताकी, तुम इन सभी मामलों से दूर रहकर, अपनी पढ़ाई पुरी तरह से मन लगाकर कर सको; एमेलिया ने कहा।

ऐसा क्या राज है? जो आप मुझे इन सभी मामलो से दूर रखना चाहती हो; ऑलिवर ने कहा।

मै नहीं जानती कि क्यों तुम्हारे पिताजी ने, मुझे कुछ बातों का राज आज तक नही बताये, जो तुम्हारी माँ आज भी जानना चाहती है, इससे मालूम होता है कि तुम्हारे पिता मुझपर विश्वास नही करते थे, यह जानकर मुझे बहुत दुख होता है, जो आदमी अपनी सारी बाते सबसे पहले मुझे बताता था, वे सबकुछ मुझसे छिपाते थे।

वैसे ऑलिवर, तुम मुझे अठारह वर्ष बाद यह सवाल क्यों पूँछ रहे हो?' एमेलिया ने कहा

मेरा पूरा जानने का हक है कि मेरे पिताजी की मृत्यु एक आत्महत्या थी, या फिर, एक सोची समझी हत्या; ऑलिवर ने कहा।

बेटा, तुम इन मामलो से दुर ही रहो, पुलिस एक दिन सबकुछ पता कर लेगी कि इनके पीछे कोई साजिश थी; एमेलिया ने कहा।

पर क्यो?'ऑलिवर ने कहा।

और एक भी सवाल तुम मुझसे नही करोगे मैने कह दिया; एमेलिया ने कहा।

पर माँ; ऑलिवर ने कहा।

बस, तुम अपने पढ़ाई पर ध्यान दो, तुम्हारे पिता तुम्हे बड़ा होकिर एक सफल डॉक्टर बनना देखना चाहते थे। तुम अपने पिताजी के सपनो को तोड़ नहीं सकते हो, जब तुम एक सफल डॉक्टर बन जाओगे, तुम्हारे

पिताजी की आत्मा को शांति मिलेगी। मुझे तुमसे यही उम्मीद है कि अपने पिताजी के आखरी उम्मीद को तुम जरूर पूरा करोगे; एमेलिया ने कहा।

ऑलिवर को समझ नही आ रहा था कि मेरी माँ इतना बड़ा झुठ क्यों बोल रही है? मेरे पिताजी मुझे एक डॉक्टर बनना देखना चाहते थे? वे तो मुझे एक सफल लेखक के रूप मे देखना चाहते थे।

उसने अपनी माँ से कहा कि माँ, आप क्यों झुठ बोल रही हो? दादी ने मुझे बताया है कि पिताजी मुझे एक लेखक के रूप में देखना चाहते थे। आप मुझे लेखक क्यों नहीं बनाना चाहती हो? क्या आप कही डर तो नही रही है कि मै भी अपने पिताजी की तरह, लेखन में इतना मगन हो जाऊँगा कि एक दिन मै भी डिप्रेशन के गर्त में चला जाऊँगा।

हाँ, यही वजह है जिसके कारण, मै तुम्हे एक लेखक बनते देखना नहीं चाहती हूँ, मै नहीं चाहती कि मेरा बेटा एक कमरे में बंद होकर रह जाए और एक अलग ही दुनिया में चला जाए; एमेलिया ने कहा।

माँ, तुम चिंता मत करो, मैं इतना भी लेखन के कार्य में डूब नही जाऊँगा कि मै आपको भूल जाऊँ। अच्छा माँ मै बहुत थक चुका हूँ, मै आपसे कल सुबह बात करूगाँ, मै अपने कमरे में आराम करने जा रहा हूँ; ऑलिवर ने कहा।

पर बेटा; एमेलिया ने कहा।

पर-वर कुछ नही, आपको अपने बेटे पर विश्वास है ना; ऑलिवर ने कहा।

मेरे से भी ज्यादा; एमेलिया ने कहा।

तो मेरी प्यारी माँ, आप भी अपने कमरे में सोने जाएँ और मै भी अपने कमरे मे सोने जाता हूँ; ऑलिवर ने कहा।

गुड नाईट बेटे; एमेलिया ने कहा।

गुड नाईट माँ; ऑलिवर ने कहा।

ऑलिवर अपने कमरे में जाकर कुछ क्षण के लिए शांत हो जाता है परन्तु अगले कुछ क्षणों में, उसका गुस्सा बहुत अधिक बढ़ जाता है और पास में रखे टेबल लैंप को तोड़ देता है, आवाज इतनी तेज थी कि इसकी आवाज उसकी माँ के कमरे तक जा पहुँची।

एमेलिया दौड़ती हुई आती है, बेटा क्या हुआ, ऑलिवर कहता है, कुछ नही, एमेलिया अपने कमरे में चली जाती है।

ऑलिवर इस बात से गुस्सा था कि उसकी माँ ने मुझसे झुठ बोला था कि मेरे पिताजी, मुझे एक डॉक्टर बनना देखना चाहते थे और वहीं दूसरी तरफ, इस पर गुस्सा था कि मेरी माँ मुझे अपने पति की तरह खोना नहीं चाहती है। मेरी माँ को इतना बड़ा दुख देने वाले को कभी माफ नहीं करूँगा।

ऑलिवर अपने आप से कहता है, अब मुझे हेरी ऊर्फ हेरिषण ब्राउन तक किसी भी हालत में पहुँचना है और यह काम मेरी माँ पूरा करेगीं क्योंकि मेरी माँ, मिस्टर हेरिषण ब्राउन की सहायिका है।

माँ ही एक जरिया है, जिनके द्वारा मै, उस शातिर हेरिषण तक पहुचुँगा।

ऑलिवर ने अपने मन को शांत करने के लिए T.V खोली तो, देखा हर न्यूज में मिस्टर हेरिषण के नॉवेल टेन (10) के चर्चे हो रहे थे, जोकि मेरे पिताजी के नॉवेल लिखे हुए है।

यही हेरिषण ने मेरे पिताजी की नॉवेल को चोरी कर आज आस्ट्रेलिया का सबसे मशहूर लेखक बन बैठा है, जो कभी मेरे पिताजी के ऑफिस में असिस्टैन्ट का काम करता था, आज वह जानी-मानी हस्ती बन बैठा है।

क्या बिडमना है कि मेरी माँ, अपना लेखन का कार्य छोड़, इस चोर के यहाँ एक मामुली सहायिका का काम कर रही है।

ऑलिवर ने अपने आप से वादा किया, जिस इंसान ने मेरे पिताजी को मौत के दरवाजे तक पहुँचाया, उसे मैं एक दिन रोड पे भींख मागँते देखना चाहता हूँ। मैं इसका ऐसा हाल करूँगा कि वह मुझसे भीख माँगेगा कि मुझे बचा लो। तब उसे पता चलेगा, किसी की मेहनत की चोरी की कमाई खाने का परिणाम क्या होता है।

ऑलिवर ने देखा कि दो दिनो बाद, मिस्टर हेरिषण को, प्राइम मिनिस्टर लिट्रेरी अवार्ड (Prime Minister's Literary Award) सिडनी आपेरा हाऊस में, जहाँ एक विशिष्ट समारोह में दिया जायेगा।

ऑलिवर जानता था कि उसकी माँ का सिडनी जाना तो तय था परन्तु मै भी किसी तरह सिडनी जाना चाहता हूँ।

अगले दिन सुबह, मेरी माँ और मै, नास्ते के लिए बैठे हुए थे।

बेटा, मुझे आज शाम सिडनी के लिए निकलना है, इसलिए तुम घर पर ही रहना; एमेलिया ने कहा।

पर किस लिए; ऑलिवर ने कहा।

यह मेरा आदेश है; एमेलिया ने कहा।

पर मै भी आपके साथ जाना चाहता हूँ, आज तक आपने मुझे कहीं भी लेकर नही गई हो, मै भी मिस्टर हेरिषण ब्राऊन से मिलना चाहता हूँ। मै भी उन्ही की तरह एक सफल लेखक बनना चाहता हूँ। माँ आप उनसे मिलवाऊगी ना, बोलो ना माँ; ऑलिवर ने कहा।

बेटा, जरूर उनसे मिलवाऊँगी, पर अभी वक्त नहीं आया है; एमेलिया ने कहा।

ऑलिवर ने कहा कि, आप नहीं चाहती हो कि मैं पिताजी का सपना को पूरा करूँ? आप देखना नहीं चाहती हो कि आपका बेटा भी एक सफल लेखक बने? माँ कृप्या कर उनसे मिलवा दो, मैं आपका सदा अभारी रहूँगा।

ऐमेलिया ने कहा, ऑलिवर, वे बहुत बड़े आदमी हैं, वे किसी से जल्दी मिलते नही, पर तुम्हारे कहने पर, मैं एक बार जरूर कोशिश करूँगी। अब तो खुश हो ना।

ऑलिवर ने अपनी माँ को गले लगाकर धन्यवाद दिया।

बस-बस मक्खन लगाना खत्म हो गया है तो कल की तैयारी करे;एमेलिया ने कहा।

ऑलिवर बेटा, जल्दी करो, हमलोग काफी देर कर चुकें है, हम लोगों की फलाईट छुट जायेगी, यदि वहाँ कही देर से पहुँचे तो, मेरे बॉस कही मुझे जॉब से ना निकाल दे; एमेलिया ने कहा।

आया मॉम, चिंता मत करो, तुम्हारे बॉस को कोई शिकायत का मौका, आपको नहीं देने दूँगा; ऑलिवर ने कहा।

सिड़नी

एमेलिया और उसका बेटा, शाम की फलाईट पकड़ी और सीधे सिड़नी की ओर निकल पड़े। वे दोनो मिस्टर हेरिषण ब्राऊन के घर पर ठहरते है, वहीं हेरिषण ब्राऊन भी ठहरे हुए थे।

ऑलिवर ने कहा, चलो इन दो-तीन दिनो में हेरिषण ब्राऊन के कई राज जान पाऊँगा, वही दूसरी ओर, इनकी गर्लफैंड के बारे भी पता लगा लूँगा। आगे वह कहता है, जिसकी एक फ्लेट खरीदने की औकात नहीं थे, आज उसके दो राज्यों में बड़े-बड़े घर है, ये सभी धन कहाँ से? मेरे पिताजी के लिखे हुए नॉवेल के बदोलत।

ऑलिवर का मन कर रहा था कि बंदूक निकाले और इस हेरिषण को गोली मार दे परन्तु ऑलिवर इससे पहले उसकी गर्लफ्रैंड कौन है? जानना चाहता था।

शाम को एमेलिया अपने बेटा को मिस्टर हेरिषण से मिलवाती है।

देखो बेटा, यही हैं मिस्टर हेरिषण, जो ऑस्ट्रेलिया देश के महानत्म लेखक है; एमेलिया ने कहा।

इतनी बड़ाई बस भी करो; हेरिषण ने कहा।

हलो सर, आप सच में बहुत महान लेखक है; ऑलिवर ने कहा।

यह तो भगवान का आर्शीवाद है, मैं अपनी मेहनत और आप लोगो की दुआ से यहाँ तक पहुँचा हूँ; हेरिषण ने कहा।

ऑलिवर को बड़ा गुस्सा आ रहा था क्योंकि वह जब भी कुछ बोलना चाहता, मि. हेरिषण अपना बड़ाई खुद ही किये जा रहें थे, जैसे कहावत है ना

अपने मुहँ, मिठू मियाँ

ऑलिवर ने आगे कहा, आप ही हो, हेरिषण द ग्रेट राइटर ऑफ ऑस्ट्रेलिया, आप से मिलकर बहुत खुशी हो रही है, मै आपका बहुत बड़ा फैन हूँ और मैं भी आपकी तरह एक महान लेखक बनना चांहता हूँ।

ऑलिवर की बात सुनकर मि. हेरिषण अपनी डिंगे हॉकने लगा।

बेटा ऑलिवर, लेखक बनना कोई खेल नहीं है, बहुत मेहनत करनी पड़ती है।

लगता है, आप तो बहुत ज्यादा मेहनत से एक महान लेखक बने हो; ऑलिवर ने कहा।

तुमने मुझसे कुछ कहा?' मि. हेरिषण ने कहा।

मैने कुछ नहीं कहा; ऑलिवर ने कहा।

अच्छा तो ठीक है; मि. हेरिषण ने कहा।

वैसे एक बात बता दूँ कि मै भी एक महानत्म लेखक का पुत्र हूँ; ऑलिवर ने कहा।

क्यो नहीं; मि. हेरिषण ने कहा।

यदि आप को बता दूँ कि मैं कौन हूँ, तो आप मुझे जरूर गले लगा लेंगे; ऑलिवर ने कहा।

मै भी जानना चाहता हूँ कि कौन है तुम्हारे पिता? और उनका क्या नाम है; मि. हेरिषण ने कहा।

आप उन्हें जानते थे, वह आपका सबसे अच्छा दोस्त था और कभी उनके यहाँ एक असिस्टेन्ट के रूप में काम किया करते थे, अब आप तो जान ही गये होगें कि मैं मि. थॉमस स्मिथ का पुत्र हूँ; ऑलिवर ने कहा।

तभी अचानक घबराते हुए मि. हेरिषण, एमेलिया से कहते है, तुमने मुझे बताया नही है कि यह मेरे करीबी दोस्त का बेटा है।

आप ने मुझे बोलने का मौका तक नही दिया; एमेलिया ने कहा।

अब तो आप मुझे जरूर गले लगायेंगे; ऑलिवर ने कहा।

झुठी खुशी दिखाते हुए, जरूर क्यों नही; मि. हेरिषण ने कहा।

ऑलिवर बडे जोर से मि. हेरिषण को गले लगता है, परन्तु यह क्या, जैसे ही ऑलिवर गले लगता है, मि. हेरिषण काँपने लगते है। यहाँ कोई बर्फबारी तो नहीं हो रही है जिसके कारण आप फाँप रहे है; ऑलिवर ने कहा

ऐसी कोई बात नही है; मि. हेरिषण ने कहा।

आप ऐसी काँपते रहें, तो कल आप कैसे अपने हाथों से उस अवार्ड को पकड़ेंगे; ऑलिवर ने कहा।

तुम्हारा बेटा, बिलकुल अपने पिताजी पे गया, मि. हेरिषण ऐमेलिया से कहा।

बिलकुल, मेरा बेटा, अपने पिता पर गया है; एमेलिया ने कहा।

अच्छा, आज बहुत ज्यादा बातें हो गई, आगे की बातो को किसी दूसरे दिन के लिए बचा कर रखें; मि. हेरिषण ने कहा।

जरूर; ऑलिवर ने कहा।

मि. हेरिषण, मुझे घुरते हुए कहते है, कल हमलोग सिडनी ओपेरा हाऊस में मिलते हैं।

ऑलिवर और ऐमेलिया सही समय पर ओपेरा हाऊस पहुँच जाते है जहाँ मि. हेरिषण को प्राईम मिनिस्टर लिटरेरी आवर्ड मिलने वाले थे।

मि. हेरिषण को अवार्ड मिलने पर सभी लोग तालियाँ बजाने लगे, सिवाय ऑलिवर के, उसके बाद, हेरिषण ने कई धण्टो तक भाषण देता रहा परन्तु ऑलिवर ने अपने कानो में हेड फोन लगा रखा था क्योंकि वह इस नकली आदमी को देखना और उसके बातों को सुनने की इच्छ नहीं थी।

कुछ घण्टों बाद, मिडिया वालों का सवाल-जवाब शुरू हो जाती है। बहुत सारे मिडिया वाले खुब बडाई किये जा रहे थे क्योंकि आज कल पी आर मिडिया की भरमार जो है, जैसे कुछ चंद रूपयो में, मिडिया वाले किसी की खराब छवी को साफ सुथरी कर देते है। वैसे ही मि. हेरिषण ने बिके हुए मिडिया वालों को बुलवाकर, अपने ही बडाई करवाये जा रहे थे।

ऑलिवर भी उसी तरह का चाल चलता है, उसने कुछ रूपया देकर एक मिडिया वाला को बुलवाया था, जो मि. हेरिषण के विरूद्ध जाकर उनसे सवाल करने वाला था। वह देखना चाहता था कि जब मेरे द्वारा भेजे मिडिया सवाल करे तब मि. हेरिषण का जवाब क्या आता है?

आप 18 साल पहले लिखे नॉवेल टेन (10) को अब प्रकाशित क्यों कर रहे है?

मि. हेरिषण भडक जाते है और कहते है, आप को किसने बताया कि मैने जो नॉवेल टेन (10) लिखा हूँ, वह 18साल पहले का है।

मि. हेरिषण के तो पसीने छुट रहें थे।

ऑलिवर, तुरंत उनके सपोर्ट में उतर जाता है और उस मिडिया का सवाल का जवाब देता है, मि. हेरिषण बहुत ही महानत्म लेखक है और इस तरह से, आप लोग इनसे सवाल नहीं पूछ सकते है और आप जैसे मिडिया वालों को सोभा नहीं देता है।

सामारोह समाप्त होती है और हम सभी मि. हेरिषण के घर पहुँच जाते है, जैसे ही ऑलिवर पहुँचता है, मि. हेरिषण उसे गले लगा लेते है।

धन्यवाद् बेटा; मि. हेरिषण ने कहा।

पर क्यों?' ऑलिवर ने कहा।

आज तुम नहीं होते तो ना जाने मेरा क्या हाल होता; मि. हेरिषन ने कहा।

ओ मि. हेरिशन बस भी किजिए, यह तो मेरा फर्ज था और यदि कोई अनजान भी होता, फिर भी मै उसी तरह मदद करता; ऑलिवर ने कहा।

आज से तुम मेरे शिष्य हो; मि. हेरिषण ने कहा।

मि. हेरिषण मैं आपका यह एहसान, कभी नहीं भूलूँगा; ऑलिवर ने कहा।

मैं जानता हूँ कि तुम भी एक लेखक बनना चाहते हो, मै तुम्हे एक महान लेखक बनाऊँगा; मि. हेरिषण ने कहा।

ऑलिवर के आँखो मे आँसू भर जाते है, वह तुरंत गले मिलकर, मि. हेरिषण को, इसके लिए धन्यवाद देता है। ऑलिवर कहता है, मि. हेरिषण आप ने जो मुझे खुशी दी है मैं इसे जिंदगी भर भूल नही सकता हूँ।

रात काफी हो चुकी थी, सभी अपने-अपने कमरो में सोने चले जाते हैं।

ऑलिवर आज रात सोना नहीं चाहता था क्योंकि उसे मि. हेरिषण के कमरे की तलाशी करनी थी, और साथ ही वह यह भी जानना चाहता था कि आँखिर मि. हेरिषण की प्रेमिका कौन है, जिसने मेरे पिताजी को मौत की राह में खडा कर दिया।

ऑलिवर अपनी जान जोखिम में डालकर अपनी बॉलकनी से उस हत्यारे मि. हेरिषण के बॉलकनी तक जा पहुँचा, वह जैसे ही मि. हेरिषण के खिडकी से अंदर घुसने का प्रयास करता है, वैसे ही उसे कुछ आवाज सुनाई देती है। वह ध्यान लगाकर कर सुनता है, तो उसे पता चलता है, यह तो उसकी माँ एमेलिया है जो मि. हेरिषण से बाते कर रही है। उसे बहुत आश्चर्य होता है कि उसकी माँ इतनी रात को मि. हेरिषण के कमरे में क्या कर रही है। वह जल्दी से मि. हेरिषण के कमरे में जाना चाहता है, परन्तु ऐसा करना, उसे सोभा नहीं देता था।

इसलिए वह कुछ समय का इंतजार करना चाहता था, वह सोच रहा था कि जब उसकी माँ वहाँ से चली जायेगी तब वह मि. हेरिषण के कमरे में जाएगा। पर यह क्या, उसे समझ नहीं आ रहा था कि उसकी माँ, इतनी देर से मि. हेरिषण से बाते किये जा रही थी और इधर ऑलिवर अपना धैर्य खो रहा था, उसने सोचा कोई ऑफिस से जुड़े कार्य को लेकर बातें हो रही होगी परन्तु उसे लग रहा था कि आँखिर इतनी रात को क्यों? उसने खिडकी से झांका तो देखा, उसकी माँ और मि. हेरिषण बाँहो में बाँहे डाले बैठे हुए थे, ऑलिवर देखकर काफी डर जाता है कि उसकी माँ ऐसी भी हो सकती है, आगे कुछ ऐसा होता है कि कोई बेटा सुन नहीं सकता है,

जब उसकी माँ एमेलिया, मि. हेरिषण हेरिशन से कहती है, ओ मेरे प्यारे हेरिषण, मै अब तुम्हारे बिना एक पल भी दूर नही रह सकती हूँ, हम लोग कब शादी करेंगे। यह सुनकर ऑलिवर को लगा, उसके जीवन मैं, अब ऐसा कोई नही हैं सिवाय दादी जी के।

यह सभी चीजो को देखकर उसे लगने लगा कि कहीं मेरी माँ भी, मेरे पिताजी को मारने मे शामिल तो नही? और कभी कहता, नही -नही मेरी माँ इतनी हद तक नीचे गिर नही सकती है, शायद मेरी माँ मि. हेरिषण से प्यार करने लगी है, पर मि. हेरिषण मेरे पिताजी की हत्या में शामिल है, मेरी माँ को जल्द से जल्द बता दूँगा कि मि. हेरिषण अच्छे आदमी नहीं है। ऑलिवर कहता है, आज शायद दिन ही खराब है, मैं जान नहीं सका कि ऑखिर मि. हेरिषण की प्रेमिका कौन हैं? चलो, कल मै अपनी माँ को, मि. हेरिषण के बारे में सारी बाते बता दूँगा। परन्तु एक कहावत है ना, "सच को चाहे कितना भी छिपाया जाए, एक दिन किसी को पता चल ही जाती हैं,"

जैसे ऑलिवर वहाँ से जाने लगता है, मि. हेरिषण, अपनी प्रेमिका ऐमेलिया से कहते है, ओ डार्लिंग, हम लोग कितने दिनों बाद इतने करीब आये है, मैं एक पल भी तुमसे दूर नही रह सकता हूँ तुम्हे पता है ना हम दोनो को इतने करीब आने में 18 साल लग गये, मैं इस पल को जी लेना चाहता हूँ।

तुम्हें इस तरह, मुझे मिलने नहीं आना चाहिए था, कहीं किसी को शक ना हो जाए कि तुम ही मेरी प्रेमिका हो, जिसने अपने ही पति को मरवाने में मेरा साथ दिया था।

तुम्हे पता है, शायद अब मिडिया वालो कों भी शक हो गया है, कि मि. थॉमस स्मिथ की हत्या हुई थी, ना कि आत्महत्या; मि. हेरिषण ने कहा।

हॉ-हॉ-हॉ, मेरे रहते यह सब राज ही रहेगा कि मि. थॉमस की हत्या की गई थी; एमेलिया ने कहा।

ऑलिवर अपने आप को कोश रहा था कि मैंने इस औरत के पेट से जन्म लिया है जिसने मेरे पिताजी का खून किया है।

यदि तुम्हारे बेटे ऑलिवर को हम दोनों के रिश्ते के बारे में पता चल गया और उसे यह भी पता चल गया कि मि. थॉमस स्मिथ के मृत्यु के पिछे हम लोगों का हाथ है, ना जाने ऑलिवर हम लोगों के साथ क्या करेगा?' मि. हेरिषण ने कहा।

मेरा बेटा इतना सीधा है कि मैं जो कहती हूँ वह वैसा की करता है, ऑलिवर इतना भोला है, उसे पता भी नही है, मैं और हेरिषण पहले से ही शादी सुदा थे और हमलोगो ने पैसो के लिए अपने बेटे को गला दबाकर मार डाल सकते है तो ऑलिवर को क्यों नही; एमेलिया ने कहा।

दोनो हँसते हुए।

तुम बड़ी जहरीली नागिन हो, जिसने अपने सगा बेटा और नकली पति को नही छोडा; मि. हेरिषण ने कहा।

कहावत है ना, नागिन जब भूख में होती है, तब वह अपने बच्चे को ही निगल जाती है हा-हा-हा; एमेलिया ने कहा।

मुस्कुराते हुए, मान गया मेरी जान; मि. हेरिषण ने कहा।

मि. थॉमस स्मिथ के बेटा को पता भी नही है कि मैंने उनके पिताजी के सिर्फ पैसों से प्यार किया, मैं एक ऐसी औरत हूँ जिसने अपने पहले पति को छोड़कर, एक दूसरी नकली शादी की, जिसका सिर्फ एक ही मकशद था, उनके पैसे पर राज करना; एमेलिया ने कहा।

धीरे बोलो, वरना कोई सुन लेगा; मि. हेरिषण ने कहा।

मुस्कुराते हुए, आदमी पैसो के लिए क्या-क्या करता है, मैंने उनका विश्वास जीतने के लिए, मुझे उनके बेटा को जन्म देना पड़ा; एमेलिया ने कहा।

तुमने सही कहा मेरी जान

यह जालिम दुनिया सही कहता है, बाप बड़ा ना भाईया, सबसे बड़ा रूपया; मि. हेरिषण ने कहा।

मैने सोचा था कि मि. थॉमस, मुझसे बहुत प्यार करते है और वे अपनी आधी संपत्ति मेरे नाम कर देगें, पर ऐसा नही हुआ और मेरी इतनी दिनों की मेहनत और साजिश मिट्टी में मिल गई। जब उस नासमझ आदमी ने, बिना सोचे 200 मीलियन डॉलर की संपत्ति अपने बेटे ऑलिवर के नाम कर दी; एमेलिया ने कहा।

सच में, हमदोनो का सारा गेम पासे की तरह पलट गई; मि. हेरिषण ने कहा।

नही, अभी भी एक आँखरी मौका है; एमेलिया ने कहा।

भला कैसे; मि. हेरिषण ने कहा।

वसीयत में कहा गया है कि जब ऑलिवर 30 साल का होगा, तब वह इस 200 मीलियन डॉलर का मालिक बन जायेगा; एमेलिया ने कहा।

इतनी बड़ी संपत्ति हमलोगो के कब्जे में कैसे आयेंगे; मि. हेरिषण ने कहा।

मैंने इस संपत्ति को पाने के लिए ना जाने कितने बलिदान दे दिये, यहाँ तक की मैंने अपने बेटे प्रिंस को मार डाला, मैं अपने पति से इतने साल दूर रही, क्या मैं और 12 साल इंतेजार नही कर सकती?' एमेलिया ने कहा।

परन्तु हमदोनो को बहुत सावधान रहना पड़ेगा, एक गलती और सारा खेल खत्म; मि. हेरिषण ने कहा।

अब मुझे खतरा लेना, चाय से मक्खी निकालने जैसा लगने लगा है, तुम्हे पता तो है, मैने डॉक्टर (मि. जेम्स) से मिलकर पेरालाइज होने वाला दवाईयाँ, मि. थॉमस को देती थी और साथ ही उन्हे ड्रग भी देती थी ताकि जल्द से जल्द वे इस दुनिया को अलविदा कह दे; एमेलिया ने कहा।

तुम्हारा नकली पति इतना भोला था कि उसे पता भी नहीं था कि मेरी प्यारी पत्नी एमेलिया ने ही मि. थॉमस के कम्प्यूटर से उनकी लिखी हुई नॉवेल टेन (10) की चोरी की थी; मि. हेरिषण ने कहा।

तुमने ठीक कहा, बहुत ही बेचारा था मि. थॉमस, यदि उस लाइब्रेरी के कर्मचारी हमदोनो का साथ नहीं देता तो हमलोग उस लेखक थॉमस को मार नही पाते, लोगो को लगता है, यह आत्महत्या है, परन्तु लोगों को क्या पता कि हम सभी ने उसे फाँसी लगाकर मार डाला; एमेलिया ने कहा।

हँसते हुए, बेचारा मि. थॉमस, सभी लोगो का कहना है, उनकी अपनी नॉवेल चोरी होने के कारण, वह डिप्रेशन में चले गए और अपने आप को फाँसी लगा ली, लोग कितने बेवकूफ होते, झूठी अफवाह को सत्य मान लेते है, कहावत है, झूठ, सत्य से दस गुणा ज्यादा फैलती है; मि. हेरिषण ने कहा।

हम दोनों का एक ही लक्ष्य है, जैसे भी हो, ऑलिवर को अपने रास्तो से हटाना; एमेलिया ने कहा।

बेचारा, जवानी में ही मारा जायेगा, हा-हा-हा; मि. हेरिषण ने कहा।

मुझे और 12 साल तक, एक अच्छी माँ बनकर रहना होगा, और जैसे ही ऑलिवर 30 साल का होगा, उसे भी उसके पिताजी की तरह मार डालेगें; एमेलिया ने कहा।

हम दोनो का इस तरह छिप के मिलना, एक दिन भारी पड़ सकते है, मैं तो ऑलिवर को उसके हॉस्टेल में ही मारवा देना चाहता था परन्तु मुझे मालूम नहीं था कि उसे उसके 30 साल से पहले मारना, हमदोनो के लिए सबसे बड़ी भूल होगी, मुझे यह भी मालूम नहीं था कि जबतक ऑलिवर उस वसियत पर हस्ताक्षर नहीं करता है तब तक उस वसियत का कोई मूल्य नहीं है; मि. हेरिषण ने कहा।

चिंता मत करो, मेरे हेरिषण।

जैसे ही ऑलिवर उस वसियत पर हस्ताक्षर करेगा, मैं उसे भी मार डालूँगी; एमेलिया ने कहा।

ऑलिवर, दोनो की बातों को सुन दंग हो गया, उसे समझ नहीं आ रहा है कि वह करे तो करे क्या, उसके मन में अब हजारों उलझने थी, जिसे वह अपनी जान से ज्यादा प्यार करता है, वही उसके पिताजी का कातिल निकली, वह अपना गुस्सा जोर-जोर से चिल्लाकर निकालना चाह रहा था परन्तु वह ऐसी हालात पर खड़ा था कि यदि वह कुछ ऐसा करता तो उसकी जान को खतरा हो सकता था।

वह समय की हालात को देखते हुए, जल्दी से जल्दी मि हेरिषण की बॉलकनी से अपनी बॉलकनी तक पहुँचने के क्रम में गमला गिर जाती है।

कौन है उधर?' मि. हेरिषण ने कहा।

ऑलिवर जल्दी से अपने कमरे में आकर सो जाता है ताकि किसी को शक न हो कि ऑलिवर अपने कमरे में नही था।

कोई तो जरूर था; एमेलिया ने कहा।

ये तो बिल्ली है, शायद इसी ने गमले को गिरा दी हो; मि. हेरिषण ने कहा।

नही-नही, मुझे अब भी शक है, यहाँ कोई था जो हमदोनो की सारी बातें सुन रहा था; एमेलिया ने कहा।

आँखिर कौन?' मि. हेरिषण ने कहा।

शायद ऑलिवर; एमेलिया ने कहा।

तुम क्या बोल रही हो, ऑलिवर की इतनी हिम्मत नहीं की अपनी बॉलकनी से मेरे बॉलकनी तक पहुँच सके, तुम्हें पता है ना, मेरे बॉलकनी और उसके बॉलकनी की बीच की दूरी लगभग 50 मी. है; मि. हेरिषण ने कहा।

फिर भी, मुझे अब भी शक है कि कोई था; एमेलिया ने का।

अब बस भी करो; मि. हेरिषण ने कहा।

एक बार मैं ऑलिवर के कमरें में जाकर देखना चाहती हूँ; एमेलिया ने कहा।

चलो; मि. हेरिषण ने कहा।

एमेलिया और मि. हेरिषण, उसके कमरे में जाकर देखते है, पर ऑलिवर को सोता देख चैन की साँस लेते है।

ब्रिस्बेन शहर

अगले दिन सुबह, सभी लोग फ्लाईट की सहायता से क्वीन्सलैण्ड की राजधानी, ब्रिस्बेन शहर पहुँच जाते है।

तभी ऑलिवर देखता है, उसकी गर्लफ्रेण्ड मिया (Mia) उसके घर के सामने बैठी हुई थी।

तुम यहाँ क्या कर रही हो; ऑलिवर ने कहा।

मैं तुम्हारी माँ से मिलने आयी हूँ; मिया ने कहा।

बड़ी, आश्चर्य की बात है; ऑलिवर ने कहा।

आश्चर्य वाली कौन सी बात हो गई; मिया ने कहा।

जहाँ तक मुझे पता है, तुम मेरी माँ से कभी नहीं मिली हो; ऑलिवर ने कहा।

तुम कहना क्या चाहते हो?' मिया ने कहा।

तुम कैसे मेरी माँ को जानती हो?' ऑलिवर ने कहा।

तुम्हारे परिवार के लोगों को कौन लोग नहीं जानते है, तुम्हे पता तो है, तुम्हारे पिताजी और माँ कितने बड़े जाने-माने लेखक और लेखिका है; मिया ने कहा।

अच्छा! तुमने तो कभी नहीं बताया कि तुम हमारे परिवार को जानती भी हो?' ऑलिवर ने कहा।

ऑलिवर, बस भी करो, इतने सवाल तो कोई पुलिस वाला भी नही करता है; एमेलिया ने कहा।

मिया अपने बॉयफ्रेण्ड का थोड़ा मजाक बनाती है, ऑलिवर चिढ़ जाता है और वह घर के अंदर चला जाता है परन्तु वह अपनी माँ और मिया पर नजर रखे हुए था।

तभी ऑलिवर अपने कमरे की खिड़की से छिप कर देखता है, उसकी माँ, मिया को ढेर सारे नोटो के बंडल दे रही है, ऑलिवर ने सोचा, माँ के पास इतने पैसे कहाँ से आया, जरूर पिताजी के पैसो को छिपा कर रखी होगी। मिया पैसो को लेकर चली जाती है।

ऑलिवर, मिया को फोन कर, उससे मिलने को कहता है।

मिया मान जाती है, वे दोनो किसी पार्क में जाकर मिलते है।

यदि तुम मुझसे प्यार करती हो, तो मुझसे कोई झूठ नही बोलोगी; ऑलिवर ने कहा।

मैं तुमसे कभी झूठ नहीं बोल सकती हूँ; ऑलिवर ने कहा।

वैसे तुम्हे, मेरी माँ पैसे क्यों दे रही थी?' ऑलिवर ने कहा।

बड़े अजीब हो तुम; मिया ने कहा।

वैसे उस लालची औरत को पैसो की कमी कहाँ है?'ऑलिवर ने कहा।

तुमने कुछ कहा?' मिया ने कहा।

अच्छा ठीक है, अब काफी देर हो चुकी है, हमे यहाँ से चलना चाहिए; ऑलिवर ने कहा।

बस, इसके लिए तुम, मुझे पार्क में मिलने बुलाये, मैं तो कुछ और ही सोच रही थी; मिया ने कहा।

ज्यादा सोचना कम कर दो; ऑलिवर ने कहा।

मिया थोड़ी ऑलिवर से नाराज हो जाती है।

ठीक है, अगले बार जब हमदोनो मिलेंगे तब केवल हमदोनो की बीच की बाते करेगें, बाई; ऑलिवर ने कहा।

अब ऑलिवर पूरी दिन-रात नई-नई प्लान बनाता ताकि एमेलिया और मि. हेरिषन को बर्बाद कर सके।

सुबह हुई, एमेलिया अपने ऑफिस की ओर निकलना चाह रही है, तभी ऑलिवर कहता है, मैं भी आपके साथ ऑफिस चलूँगा।

पर क्यों, बिना काम के, मि. हेरिषण की ऑफिस में जाकर क्या करोगे?' एमेलिया ने कहा।

मैं कुछ नहीं जानता, मि. हेरिषण ने मुझसे कहा है कि वे मुझे एक सफल लेखक बनायेंगे इसलिए मैंने उनसे फोन पर बात कर ली है कि मैं आज से ही उनके ऑफिस जाऊँगा और वे मान भी गए है; ऑलिवर ने कहा।

अच्छा तब ठीक है; एमेलिया ने कहा।

ऑलिवर अपनी माँ एमेलिया से गले मिलकर, धन्यवाद देता है।

मि. हेरिषण के ऑफिस

वे दोनो माँ और बेटे ऑफिस पहुँच जाते है। ऑलिवर मि. हेरिषण को गले मिलकर कहता है, आप बहुत ही नेक इंसान है, जो दूसरो की तकलीफों को अच्छी तरह से समझते है।

बेटा, तुम हो ही इस लाइक; मि. हेरिषण ने कहा।

आप, मेरे बॉस नही, एक अच्छे दोस्त जैसे हो, जो हर दोस्त दूसरे दोस्त की परेशानियों को पहचान कर सही सलाह देता है, अब मैं आपको बॉस नही, दोस्त मानूँगा; ऑलिवर ने कहा।

ठीक है, मेरे प्यारे दोस्त; मि. हेरिषण ने कहा।

ऑलिवर ऑफिस का काम करके, शाम को अपने बॉस मि. हेरिषण को एक हॉटेल में मिलने का वक्त माँगता है, पहले तो उन्होनें मना कर दिया परन्तु अच्छा दिखने की चाह में उसने हाँ कर दिया।

शाम हो जाती है, एमेलिया अपने घर चली जाती हैं। वही दूसरी ओर ऑलिवर और मि. हेरिषण W हॉटेल की ओर निकल जाते है।

मि. हेरिषण, मुझे समझ नहीं आ रहा है कि मैं कहाँ से अपनी बात शुरू करूँ; ऑलिवर ने कहा।

क्या समझ नहीं आ रहा है?' मि. हेरिषण ने कहा।

आप बहुत अच्छे हैं, मुझे एक लेखक बनाने में सहयोग कर रहे है, मैं कैसे आपका शुक्रिया अदा करूँ; ऑलिवर ने कहा।

इतनी छोटी सी बात करने के लिए मुझे W हॉटेल में लेकर आये हो; मि. हेरिषण ने कहा।

ऑलिवर रोते हुए, नही-नही, मि. हेरिषण, जब भी मैं आपको देखता हूँ, मुझे अपने पिताजी की याद आ जाती है। आप मेरे पिताजी की तरह एक सच्चे और नेक आदमी हैं। यदि आपको बुरा न लगें तो एक बात बोलूँ।

कहो, तुम कहना क्या चाहते हो?' हेरिषण ने कहा।

आप मेरी माँ से शादी कर लिजिए; ऑलिवर ने कहा।

ऑलिवर ने आगे कहा, मेरी माँ कितने दिनों तक अकेली जीवन काटेगी, आप मेरी माँ के लिए एक परफेक्ट पति शाबित होगें और मेरे लिए एक अच्छे पिता के रूप में, मुझें मिल जायेंगें।

मैं विनती करता हूँ, कृपया कर मि. हेरिषण मेरी माँ से शादी कर लिजिए, शादी करेगें ना, बोलिये ना, नहीं तो मैं अपना जान दे दूँगा; ऑलिवर ने कहा।

मि. हेरिषण के चेहरे को देखकर लग रहा था कि मानो उनकी कई सालो की मुराद पूरी हो गई हो।

घड़ियाली आँसू बहाते हुए, नही मेरे बेटे, नही, मेरे तेरे दुश्मन; मि. हेरिषण ने कहा।

क्या आप तैयार है, मेरी माँ से शादी करने के लिए; ऑलिवर ने कहा।

मैं जरूर तुम्हारी माँ से शादी करूँगा; मि. हेरिषण ने कहा।

ऑलिवर, मि. हेरिषण को पिताजी के रूप में स्वीकार कर लेता है और मि. हेरिषण उसे बेटे के रूप में अपना लेते है।

वह बहुत ही खुश था कि आज उसका आधा प्लान, पूरा हो गया, बस उसकी माँ को मनाना रह गया है।

क्योंकि ऑलिवर हॉटेल से ही डिनर करके आया था इसलिए वह अपने कमरे में सोने चला जाता है, वह रात भर सोच रहा था कि एक बार इस नकली माँ को शादी के लिए मना लूँ तो मेरा पूरा प्लान को एक नई दिशा मिल जायेगी।

सुबह होती है, एमेलिया, ऑलिवर को जगाने के लिए जाती है। बेटा ऑलिवर, उठ भी जाओ, तुम्हे उठने में इतने देर क्यों हो रही है?' एमेलिया ने कहा।

कोई आवाज नहीं आती है।

क्या तुम्हे अपना ऑफिस नहीं जानी है? आज तुम्हारा ऑफिस में पहला दिन है और पहला दिन ही ऐसा करोगे।

ऑलिवर ने राते हुए कहा, मैं कभी भी ऑफिस नहीं जाऊँगा और न ही कभी लेखक बनूँगा।

ऑलिवर, तुम रो रहे हो?' एमेलिया ने कहा।

जाइये, यहाँ से, मुझे आप से बात नहीं करनी है; ऑलिवर ने कहा।

बेटा, दरवाजा खोलो, मुझे तुमसे बात करनी है; एमेलिया ने कहा।

मुझे कोई बात नही करनी है आपसे; ऑलिवर ने कहा।

मैं अंतिम बार बोल रही हूँ, दरवाजा खोलो; एमेलिया ने कहा।

ऑलिवर दरवाजा खोल देता है, एमेलिया देखती है कि रूम की सारी चीजें बिखरी पड़ी थी। इधर ऑलिवर अपने पिताजी की तस्वीर लेकर जोर-जोर से रोने लगता है।

बेटा' तुम इतने जोर-जोर से क्यों रो रहे हो?' एमेलिया ने कहा।

माँ, मैं टुट चुका हूँ मुझे अपने पिताजी की बहुत याद आ रही है, मुझे अपने पिताजी की कमी खलती है; ऑलिवर ने कहा।

ऑलिवर शांत हो जाऊ मुझे भी अपने पति का खोने का गम है, मुझे भी लगता है, आँखिर क्यो, वे इतनी जल्दी इस दुनिया को छोड़कर चलें गए, आज से मैं ही तम्हारी माँ और पिता दोनो हूँ; एमेलिया ने कहा।

नहीं, मुझे अपना पिताजी चाहिए; ऑलिवर ने कहा।

क्या बचपना है, तुम्हारे मरे हुए पिता को कैसे लाऊँ; एमेलिया ने कहा।

आप बुरा न मानो तो मैं आपसे एक बात कह सकता हूँ; ऑलिवर ने कहा।

क्या बोलो?' एमेलिया ने कहा।

आप अपने बॉस, मि. हेरिषण से शादी कर लिजिए, वे मुझे अपने पिताजी की तरह लगते है, वही स्वाभीमानी, जैसे मेरे पिताजी थ, जैसे मेरे पिताजी दूसरों की मदद करने में कभी भी पिछे नहीं हटते थ, ठीक उसी प्रकार के गुण, मैं मि. हेरिषण में देखता हूँ; ऑलिवर ने कहा।

यह तुम क्या कह रहे हो?' एमेलिया ने कहा।

मैंने सही कहा है; ऑलिवर ने कहा।

तुम जानते हो ना, मैं तुम्हारे पिताजी से कितना प्यार करती थी और अब भी करती हूँ और करती रहूँगी, जीवन भर के लिए; एमेलिया ने कहा।

एक बार दूबारा सोंच करके देखिये; ऑलिवर ने कहा।

मैं दुबारा ऐसा सोच भी नहीं सकती हूँ; एमेलिया ने कहा।

पर क्यो? एक आँखरी बार कोशिश तो करिये; ऑलिवर ने कहा।

वैसे मि. हेरिषण मुझ जैसी मामुली असिस्टेन्ट से भला क्यों शादी करेंगे। उन्हे तो दुनिया की हर खुबसुरत लड़की मिल सकती है, भला कोई इतने बड़े अमीर, मुझ जैसी विधवा से क्यों शादी करे?' एमेलिया ने कहा।

यदि आप हाँ, बोलेगी तो जरूर मैं उनसे बात करूँगा कि आपसे शादी कर ले; ऑलिवर ने कहा।

यदि मैं राजी हो जाऊँ, क्या मि. हेरिषण राजी होगें?' एमेलिया ने कहा।

इसकी चिंता मुझपर छोड दिजिये, मैं उन्हें मना लूगाँ; ऑलिवर ने कहा।

ऑलिवर और उसकी माँ, दोनों ऑफिस पहुँचते है जहाँ ऑलिवर अपनी माँ को मि. हेरिषण से मिलवाकर, दोनो को शादी करने की बात मनवा लेता है।

ऑलिवर बहुत खुश था कि उसने जैसा सोचा था ठीक वैसा ही हो रहा था, उसने देखा कि उसकी माँ एमेलिया, अपने पहले पति मि. हेरिषण को गले लगा रहीं है, मानों उन्होने कई सालो से गले मिले नहीं है।

माँ बस भी करो, गले मिलने के मौके बहुत आयेंगे; ऑलिवर ने कहा।

सही बोल रहे हो, मेरा बेटा; मि. हेरिषण ने कहा।

साला कितना नाटक कर रहा है, ये सब उस 200 मिलियन डॉलर का कमाल है; ऑलिवर ने कहा।

बेट, तुमने कुछ बोला; मि. हेरिषण ने कहा।

नही तो; ऑलिवर ने कहा।

एमेलिया और मि. हेरिषण आपस में मुस्कुरा रहे थे, मानो दोनो को लगने लगा था कि अब दोनो का प्लान पुरा होने वाली है।

मि. हेरिषण, आप कितने अच्छे हैं, बुरा मत मानीयेगा, यदि, मैं आपको पिताजी बोल सकता हूँ; ऑलिवर ने कहा।

जरूर, अब से मेरे बेटे हो; मि. हेरिषण ने कहा।

ऑलिवर रोते हुए मि. हेरिषण को गले लगा लेता है और कहता है, आप ही मेरे सबकुछ हो, मैंने पहले ही अपने पिताजी को खो चुका हूँ, अब आपको खोना नहीं चाहता हूँ।

चुप पगले, रूलायेगा क्या; मि. हेरिषण ने कहा।

ऑलिवर की चेहरे पे मुस्कान आ जाती है।

माँ अब तो खुश हो ना; ऑलिवर ने कहा।

हाँ, तुम्हारे होने वाले पिताजी बहुत अच्छे है; एमेलिया ने कहा।

इस रविवार को ही आप दोनों की सगाई होगी; ऑलिवर ने कहा।

एमेलिया और मि. हेरिषण कहने लगे, बेटा, पहले हमदोनो को कुछ समय तो दो, इतनी जल्दी भी क्या हैं?

ऑलिवर को इन दोनो की एक्टींग देखकर लग रहा था कि इन्हे ऑस्कर अवार्ड दे दे। लोगो ने ठीक ही कहा है, पैसो में इतनी ताकत है कि लोग, आज माँ, पिता, भाई बहन बन जाएँ।

मैं कुछ नहीं जानता हूँ, आप दोनो की सगाई इसी सप्ताह होगी तो होगी; ऑलिवर ने कहा।

ठीक है ऑलिवर, तुम्हारी बातो से हमदोनो सहमत है और इसी सप्ताह, मैं तुम्हारी माँ एमेलिया से सगाई करूँगा; मि. हेरिषण ने कहा।

सगाई की तैयारी जोरो-सोरो चल रही थी। ऑलिवर जिस पल का इंतेजार कर रहा था, वे पल आँखिर आ ही गए।

फोन की घण्टी बजती है।

हलो, मिया, तुम्हे इस रविवार मेरी माँ की होने वाली सगाई में आना ही होगा; ऑलिवर ने कहा।

ठीक है, मैं जरूर जाऊँगी; मिया ने कहा।

अच्छा फोन रखता हूँ, मुझे कई लोगों को फोन करके निमंत्रण देनी है; ऑलिवर ने कहा।

ओके; मिया ने कहा।

सगाई के दिन, जाने-माने कई बड़ी हस्तियाँ पहुँचे हुए थे। ऑलिवर लोगो की स्वागत करने में लगा हुआ है, उसे जिस खास का इंतजार है, अभी तक पहुँची नही थी, कुछ मिनटों में मिया पहुँच जाती है, वह उसे देखकर बाकी लोगो का स्वागत करना ही भुल जाता है, मिया बहुत सुन्दर लग रही थी।

इतनी देर; ऑलिवर ने कहा।

अभी तो एक घंटे देर है, सगाई होने में; मिया ने कहा।

फिर भी, तुम्हे जल्दी आना था; ऑलिवर ने कहा।

अच्छा, माफ कर दो; मिया ने कहा।

वैसे बड़ी खुबसुरत लग रही हो; ऑलिवर ने कहा।

मेरी खुबसुरती के बारे में बोलते ही रहोगे कि अंदर भी जाने दोगे; मिया ने कहा।

सगाई बड़ी धुमधाम से बनाया जा रहा था, ऑलिवर एक और खास व्यक्ति का इंतजार कर रहा था, जो उसकी दादीजी थी परन्तु वे नहीं आई। उसे समझ नही आ रहा था कि आँखिर दादी जी सगाई मे क्यो नही पहुँची, शायद मि. हेरिषण को अपने बेटे के रूप में स्वीकार नहीं करना चाहती हो या फिर मि. हेरिषण को पसंद नही करती थी। उसे दादी के नही आने से थोड़ी नाराजगी थी।

ऑलिवर बहुत खुश था कि उसकी माँ और मि. हेरिषण की सगाई हो गई।

बधाई हो, आप दोनो को, अब तो खुश हो ना माँ;ऑलिवर ने कहा।

ओ! ऑलिवर आज मैं कितना खुश हूँ, मै तुम्हे बता नहीं सकती हूँ; एमेलिया ने कहा।

एक मिनट माँ; ऑलिवर ने कहा।

इसे अब क्या हुआ; एमेलिया ने कहा।

ऑलिवर स्टेज में जोर-जोर से सबको बता रहा था कि अगले दो सप्ताह के अंदर मेरी माँ और मि. हेरिषण की शादी होने वाली है, आप सभी को एक बार भी हमारे यहाँ आना होगा।

बेटा बस भी करो; एमेलिया ने कहा।

ओके माँ; ऑलिवर ने कहा।

देखते ही देखते पार्टी समाप्त हो जाती है, सभी कोई अपने घर चले जाते है सिवाय मिया के।

ठीक है, मुझे जाना होगा, काफी देर हो चुकी है; मिया ने कहा।

आज यही रूक जाओ; ऑलिवर ने कहा।

बेटा, रूक जाओ ना; एमेलिया ने कहा।

माँ आप, हम दोनो की बाते सुन रही थी; ऑलिवर ने कहा।

जब बेटा जवान हो जाता है तब माँ को उसकी जासुसी करनी पड़ती है; एमेलिया ने कहा।

माँ आप भी ना, कही भी शुरू हो जाती है; ऑलिवर ने कहा।

ओके आँटी, मैं अब चलती हूँ; मिया ने कहाँ।

ओके बेटा, अच्छे से जाना; एमेलिया ने कहा।

ओके आँटी; मिया ने कहा।

ऑलिवर, एक बात बोलूँ; एमेलिया ने कहा।

क्या' उसने कहा।

मिया एक बहुत अच्छी लड़की है, और तुम्हारे लिए एकदम सही लड़की है; एमेलिया ने कहा।

ओ, माँ आप कितनी अच्छी हो; ऑलिवर ने कहा।

चले, घर के अंदर; एमेलिया ने कहा।

ओके माँ; ऑलिवर ने कहा।

दो सप्ताह बाद

अब क्या था, जिस वक्त का इंतजार ऑलिवर कर रहा था, वह आ ही गया था, सभी लोग शादी की तैयारियों में लगे हुए थे, ऑलिवर ने ही शादी की सारी जिम्मेदारी ले ली थी।

शादी के सारे सामारोह चर्च में थे। जहाँ देश विदेश के फिल्मी हस्तियाँ, लेखक, कारोबारी इत्यादि लोग शामिल हुए। शादी बहुत ही अच्छी तरह से सम्पन्न हुई।

पार्टी शुरू हो चुकी थी, सभी लोग पार्टी का आनंद ले रहे थे सिवाय ऑलिवर के।

क्या हुआ, तुम थोड़े उदास लग रहे हो; मिया ने कहा।

नही तो; ऑलिवर ने कहा।

मुझे पता है, कि तुम उदास हो; मिया ने कहा।

तुम्हे कैसे पता चला; ऑलिवर ने कहा।

जो दिल के सबसे करीब होते है, उन्हे लोगो की दिल की बातो को समझना अच्छी तरह आता है; मिया ने कहा।

मेरी दादी, शादी में नही आ सकी; ऑलिवर ने कहा।

शायद उन्हे कोई काम हो; मिया ने कहा।

ऐसा कौन सा काम है जो अपनी बहु की शादी में नहीं आ सकी; ऑलिवर ने कहा।

तभी एमेलिया अपने हाथो से इशारा करती है, तुम दोनों बहुत अच्छे लग रहे हो। ऑलिवर के चेहरे पर थोड़ी से मुस्कुराहट आती है, परन्तु अंदर से उतना ही दुख था कि दादी जी, एक बार फिर मिलने न आ सकी।

शादी की सारी सामारोह खत्म हो चुके थे। ऑलिवर सोने चला जाता है। अगले दिन, सुबह सभी लोग ब्रेकफास्ट के समय मिलते है।

माँ और पिताजी, आप दोनो के लिए कुछ सरप्राईज हैं; ऑलिवर ने कहा।

क्या? मि. हेरिषण ने कहा।

हनीमून का टिकट; ऑलिवर ने कहा।

सो स्वीट; एमेलिया ने कहा।

चलिये-चलिये, जल्दी आप दोनो तैयार हो जाइये; ऑलिवर ने कहा।

हम दोनो कहाँ जा रहे है; एमेलिया ने कहा।

मॉलदिव; ऑलिवर ने कहा।

एमेलिया और मि. हेरिषण हनीमून के लिए मालदिव चले जाते है। इधर ऑलिवर उनके नहीमून के आने तक पूरे ऑफिस का बॉस बन जाता है।

यही सही वक्त था जब ऑलिवर मि. हेरिषण के हॉफिस और उनके कमरो का छान बीन कर सकता था और उसने वही किया। ऑलिवर सबसे पहले उस लाइब्रेरी के कर्मचारी से जुड़ी चीजो की तालाश करना चाहता था, उसने ऑफिस के हरेक कोने की छानबीन किया परन्तु उसे कुछ हाथ नही लगा।

ऑलियर स्टेट लाइब्रेरी ऑफ क्वीन्सलैण्ड के उस कर्मचारी तक पहुँचना चाहता था जिससे मि. हेरिषण को, उसके पिताजी के हर गति विधि की सुचना, मि. हेरिषण तक पहुँचाने का काम करता था। पर कैसे उसे समझ नही आ रहा है क्योकि मि. हेरिषण के ऑफिस में कोई सबूत भी नही है।

अब, उसे केवल, मि. हेरिषण के कमरे की तालाशी सोची परन्तु उनके घरो के चारो ओर पहरेदारी थी किसी भी लोगो को मि. हेरिषण के कमरे मे जाने की अनुमति नही थी।

अब उसे केवल, मि. हेरिषण के कमरे में कुछ मिल सकता है इसलिए ऑलिवर ने मि. हेरिषण कि कमरे कि तालाशी सोची परंतु उनके घरो के

चारो ओर शक्त पहरेदारी थी किसी भी लोगो को मि. हेरिषण के कमरे में जाने कि अनुमति नही थी।

ऑलिवर के पास केवल एक ही रास्ता बचा था, सिर्फ रात का इंतजार करना।

इसलिए उसने रात को जैसे-तैसे मि. हेरिषण के कमरे में जा घुसा, तभी अचानक वह देखता है कि पहले से ही कोई दूसरा व्यक्ति, मि. हेरिषण के कमरे की तालाशी कर रहा है।

ऑलिवर, उस पर झपट पड़ता है और उसके चेहरे पर लगे मास्क को हटाने का प्रत्यन करता है, परन्तु वह ऑलिवर पर चाकू से हमला करने लगा और कमरे में अँधेरे का फायदा उठाकर भाग जाता है, उसके भागने के बाद भी, ऑलिवर उस कमरे की तालाशी करता है परन्तु उसके हाथ कोई सुराग नही लगता।

ऑलिवर का यह आँखिरी उम्मीद था कि मि. हेरिषण के कमरे से, उस लाइब्रेरी के कर्मचारी के बारे में कुछ पता चल जाए, जिसके सहायता से एमेलिया और मि. हेरिषण ने इतना बड़ा अंजाम दिया।

ऑलिवर को लगने लगा कि कोई उसका हरेक पल का खबर रखता है, आँखिर कौन है जो मेरी आने वाली चाल को पहले ही भाँप लेता है, वह चाहता था कि उसकी माँ और मि. हेरिषण के हनीमून से आने के पहले सारी सुराग खेज लेगा परन्तु ऐसा हो न सका। इसका मतलब है, वे दोनो, ऑलिवर को अच्छी तरह से जान गये थे और उस पर थोड़ा शक हो गया था।

ऑलिवर के माँ और पिताजी, अपना हनीमून मनाकर आ जाते है, अब उसका परिवार एक- दूसरे का काफी ख्याल रखने लगे, सिर्फ और सिर्फ दिखावे की।

वह ऐसे लोगो के बीच रह रहा था जहाँ पग-पग पर खतरा ही खतरा था, कभी सोचता कि ये दोनो (माँ और पिताजी) उसका कभी भी जान ले सकते है। फिर भी वह इन सभी कातिलो के साथ रहता।

ऑलिवर ने भी यह ठान ली थी कि जब तक उसके पिताजी के कातिलो को जेल में डालवा न दूँ तब तक चैन से वह बैठने वाला नही था।

एक दिन वह सुबह-सुबह सीढ़ियो से नीचे आ रहा था, तभी वह बैहोशी की हालत में गिर पड़ता है चूँकि घर पर कोई नही था इसलिए उसने, होश आने के बाद अपने फेमली डॉक्टर के पास पहुँचता है। ये ऑलिवर के पिताजी के बहुत ही करीबी डॉक्टर थे। इन्ही से उसके पिताजी अपनी इलाज करवाते थे जिनका नाम मि. जेम्स था।

जब भी कोई व्यक्ति इस अस्पताल में प्रवेश करता था, उसे अपना नाम और फोन न0 देना पड़ता था। फिर क्या था, जैसे ही ऑलिवर अपना नाम उस डॉयरी पर लिखने लगा, उसने देखा कि ऑलिवर स्मिथ नाम के उपर, उसकी माँ एमेलिया स्मिथ का नाम लिखा था।

ऑलिवर समझ जाता है, कुछ दाल मे काला है, वह अपने फैमली डॉक्टर मि. जेम्स Mr. James के कैबिन में जा पहुँचता है। जहाँ अपनी माँ को देखता है।

माँ आप यहाँ क्या कर रही हो?' ऑलिवर ने कहा।

बस ऐसे ही, कुछ काम से आयी थी; एमेलिया ने कहा।

एमेलिया पुरी तरह पसीने से भींग गई, मानो उनकी कोई राज पुरी तरह सामने आ गए हों। उसकी माँ अपनी बात को पलट देती है।

तुम यहाँ क्या कर रहे हो? और तुम कैसे जानते हो कि मि. जेम्स हमारे फैमली डॉक्टर है?' एमेलिया ने कहा।

दादी जी ने मुझे बताया था कि मि. जेम्स हमारे फैमली डॉक्टर है; ऑलिवर ने कहा।

ऐसी बात है, तब सब ठीक है, अच्छा तो बेटा, मै चलती हूँ; एमेलिया ने कहा।

माँ, थोड़ी देर तो रूको, फिर एक साथ घर चलेगे; ऑलिवर ने कहा।

बेटा, मुझे जल्दी ऑफिस के लिए निकलना है; एमेलिया ने कहा।

ठीक है माँ, मै भी जल्द ऑफिस पहुँच जाऊँगा; ऑलिवर ने कहा।

ठीक है ऑलिवर, ऑफिस मे मिलते है; एमेलिया ने कहा।

ऑलिवर को शक हो गया था कि उसकी माँ उसे एक प्रकार की शरीर को कमजोर करने वाली दवा, मुझे दे रही है। मि. जेम्स वही डॉक्टर है जिन्होने एमेलिया और मि. हेरिषण के साथ मिलकर, मि थॉमस स्मिथ को मार डाला था।

मि. जेम्स, मुझे क्या हुआ है? ऑलिवर ने कहा।

बस, मामूली कमजोरी है; डॉ जेम्स ने कहा।

मामूली कमजोरी है या फिर जहरीली दवा का असर है, जिसे लगातार वर्षो तक खाने पर शरीर पूरी तरह काम करना बंद कर देती है जिससे व्यक्ति की बोलने और लिखने की शक्ति समाप्त हो जाती है; ऑलिवर ने कहा।

भडकते हुए, आप क्या बोल रहें; डॉक्टर जेम्स ने कहा।

मैं ठीक बोल रहा हूँ, आप वही डॉक्टर हो ना, जिसने मेरे पिताजी की ऐसी हालत कर दी जिससे मि. थॉमस स्मिथ की शरीर के पूरी तरह लकवा मार दिया; ऑलिवर ने कहा।

वैसे आपके पास क्या सबूत है; डॉ जेम्स ने कहा।

डॉ जेम्स, डरिये नही, वैसे आप ने थॉमस स्मिथ के साथ जो किया था, उसने अपने जीवन में किसी को अहमियत नहीं दी और धन के बदोलत, आस-पास के लोगो को नीचा दिखाते रहें; ऑलिवर ने कहा।

वाह! क्या बात है, बेटा हो तो ऐसा, पैसा हाथ में आयी नहीं और अपनी औकात दिखा दी; डॉ जेम्स ने कहा।

हाँ, डॉ जेम्स, जैसे आप, पैसे मेरे नाम हुई नहीं है और आप ने, मेरी माँ से मिलकर 200 मिलियन डॉलर को हड़पने की तैयारी अभी से ही कर दी है; ऑलिवर ने कहा।

ये सब तुम्हारी सोंच है; डॉ जेम्स ने कहा।

यदि मैं आपको 50 मिलियन डॉलर दूँ तो क्या आप मेरे लिए काम करेगें?' ऑलिवर ने कहा।

हाँ मै तुम्हारे लिए काम करूँगा परन्तु; डॉ जेम्स ने कहा।

परन्तु क्या?' ऑलिवर ने कहा।

मुझे 50 नहीं, 100 मिलियन डॉलर चाहिए; डॉक्टर जेम्स ने कहा।

यानी पचास-पचास ठीक है मुझे मंजूर है; ऑलिवर ने कहा।

हँसते हुए, बहुत समझदार हो; डॉ जेम्स ने कहा।

यह हुई ना बात, आप भी वैसी समझदार हो, जैसा मै, अब मैं जैसा-जैसा कहूँ, वैसे-वैसे आपको काम करनी होगी; ऑलिवर ने कहा।

किसे रास्ते से हटाना है;डॉ जेम्स ने कहा।

आप डॉक्टर हो या फिर सुपारी किलर; ऑलिवर ने कहा।

ऑलिवर, मैं डॉक्टर भी हूँ और एक तरह का किलर जो किसी व्यक्ति को एक बार मे सुलाता नही, उसे धीरे-धीरे सुलाता हूँ; डॉ जेम्स ने कहा।

तेरी शकल से ही पता चल गया था कि तुम कितने गिरे हुए हो; ऑलिवर ने कहा।

तुमने कुछ कहा?' डॉ जेम्स ने कहा।

वाह! वाह! बहुत अच्छे, आप मेरे लिए बड़े काम के आदमी हो; ऑलिवर ने कहा।

अब बता भी दो, किसे धीरे-धीरे दवा देकर सुलाना है; डॉ जेम्स ने कहा।

माई मॉम एमेलिया; ऑलिवर ने कहा।

डॉक्टर जेम्स चौंक जाते है, वे कहते है, तुम जानते हो, तुम किसे मारने की बात कर रहे हो।

हाँ मुझे पता है, मुझे यह भी पता है कि एमेलिया यह वही औरत है जिसने मेरे पिताजी को मार डाला; ऑलिवर ने कहा।

एमेलिया किसकी पत्नी है, तुम्हे तो मालूम ही होगी, द ग्रेट हेरिषण की, यदि उन्हें भनक भी लग गई कि इसके पीछे डॉ जेम्स का हाथ है तो मेरे जीवन को इतना बर्बाद कर देगा कि मेरी आने वाली सात पीढ़ी भी उबर नही पायेगी; डॉ जेम्स ने कहा।

यदि आपको 100 मिलियन डॉलर मिल जाए तो, आपकी आने वाली सात पीढ़ी की जिंदगी संवर जायेगा; ऑलिवर ने कहा।

लेकिन; डॉ जेम्स ने कहा।

मैं अभी जा रहा हूँ यदि सौदा अच्छी लगे तो, मुझे फोन कर देना, मैं तुम्हारा फोन का इंतजार करूँगा; ऑलिवर ने कहा।

अगले दिन ही, डॉक्टर जेम्स का फोन आता है।

मैं तैयार हूँ; जेम्स ने कहा।

अब ऑलिवर, उसकी माँ द्वारा दिये जाने वाला भोजन को वह कभी नही खाता और वह हमेशा इन मामलो में ज्यादा सावधान रहता, कहीं उन्हें पता ना चल जाए कि उनका दिया भोजन नहीं खा रहा हूँ।

वही दूसरी ओर, ऑलिवर अपनी माँ के वाशरूम फर्श पर कुछ तेल डाल दी। जब उसकी माँ (एमेलिया) सुबह अपने वाशरूम में जैसे ही जाती है, वह फिसल कर बेहोश हों जाती है जिसके कारण थोड़ी चोट भी लगती है।

उनके वाशरूम में इतने देर तक अंदर रहने के कारण सभी को शक होता है, कुछ तो गड़बड़ है जैसे ही पता चलता है ऑलिवर और मि. हेरिषण दौड़कर, एमेलिया के वाशरूम की ओर भागते है। अंदर से वाशरूम लॉक थी और कोई आवाज भी नही आ रही थी।

ऑलिवर और मि. हेरिषण, दोनो वाशरूम का दरवाजा तोड़ देते है, वे क्या देखते है, एमेलिया बेहोश पड़ी थी। ऑलिवर जोर-जोर चिल्ला रहा था, माँ आपको कुछ नही होगा।

ऑलिवर तुरंत अपनी कार निकालता है और अपनी माँ को बिठाकर तुरंत अपने फैमली डॉक्टर जेम्स के पास पहुँच जाता है। दूसरी ओर मि. हेरिषण अस्पताल पहुँच जाते है।

डॉक्टर जेम्स, ऑलिवर को, एमेलिया के रिपोर्ट सौंपते हुए कहते है चिंता की कोई बात नहीं है। एमेलिया ब्राउन को एक महीने का आराम चाहिए।

ऑफिस का समय भी होने वाला था, ऑलिवर ने मि. हेरिषण से कहा कि आप ऑफिस चले जाएये, मैं माँ का ध्यान रख लूँगा।

ठीक है बेटा, अपना माँ का ध्यान रखना; मि. हेरिषण ने कहा।

ऑलिवर रोते हुए कहा, माँ यदि आपको कुछ हो जाता तो, ना जाने मेरा क्या होता। हे भगवान! आप ने मेरी माँ की जान बचा ही ली, मैं आपका सदा आभारी रहूँगा और आगे वह कहता है कि अब से एक महीना ऑफिस नही जाऊँगा और दिन रात सेवा करके अपनी माँ को ठीक करूँगा।

दूसरे ही दिन, एमेलिया को अस्पताल से छुट्टी मिल जाती है। ऑलिवर, डॉ जेम्स द्वार दिये गए दवा को, अपनी माँ को सही समय पे देने लगा था।

ऑलिवर, एमेलिया को ऐसी दवा दे रहा था कि उनका एक महीने बाद, अपनी सारी मानसिक संतुलन खो बैठेगी।

अब एमेलिया को जिस दवा का सेवन कराई जा रही थी, जिसके कारण एमेलिया धीरे-धीरे पागल हो रही थी।

ऑलिवर जल्द से जल्द इस नकली और फरेबी माँ को मार देना चाहता था परन्तु वह इन्हें भी तड़पाकर मारना चाहता था जैसे थॉमस स्मिथ को मारा था।

एक महीने बाद, डॉ जेम्स Dr. James 50 हजार डॉलर की माँग, ऑलिवर से करता है।

ऑलिवर मुझे जल्द से जल्द पैसे चाहिए; डॉ जेम्स ने कहा।

रूको, अभी मेरे पास इतने पैसे नहीं है; ऑलिवर ने कहा।

मजाक मत करो, इतने बड़े आदमी के बेटे बन गये हो और तुम्हारे पास इतने से पैसे नहीं है; डॉ जेम्स ने कहा।

बस मुझे कुछ दिनों की समय चाहिए, पैसे होते ही, मैं तुम्हे दे दूँगा; ऑलिवर ने कहा।

मै कुछ नही जानता, मुझे कल ही चाहिए; डॉ जेम्स ने कहा

मेरे पास अभी 20 हजार डॉलर ही है, अभी तुम इतने से ही काम चला लो; ऑलिवर ने कहा।

नहीं, मुझे कल ही 50 हजार डॉलर चाहिए, नही तो मैं मि. हेरिषण को, तुम्हारे बारे में सबकुछ बता दूँगा और यह भी बता दूँगा कि तुमने एमेलिया ब्राउन को जहरीली दवा खिलाकर उन्हे धीरे-धीरे मार रहे हो; डॉ जेम्स ने कहा।

क्या तुम ब्लेकमेल कर रहे हो? यदि मैं फँसता हूँ, तब तुम भी फँस सकते हो क्योंकि तुम भी इस साजिश मे शामिल हो; ऑलिवर ने कहा।

मुझे रत्ती भर फर्क नही पड़ता है, मैं बता दूँगा कि तुमने मुझे जान से मारने की धमकी देकर, यह काम करवा रहे हो, वैसे मि. हेरिषण तुम्हारे बातों से ज्यादा मेरे बातों पर विश्वास करेंगे क्योंकि मैं, तुमसे ज्यादा, उनके करीब हूँ; डॉ जेम्स ने कहा।

अच्छा, ठीक है, मुझे एक दिन का मौका चाहिए; ऑलिवर ने कहा।

ठीक है, कोई चाले नहीं चलना, वरना सभी को बता दूँगा, तुम्हारी क्या चाल है; डॉ जेम्स ने कहा।

हे भगवान! अब मैं क्या करूँ, मैं तो अपनी चाल में फँस गया, मैं इतने आगे आकर पीछे नहीं हट सकता हूँ, मुझे किसी भी हालत में 50 हजार डॉलर का इंतेजाम करना होगा, नही तो, मेरी सारी पोल खुल जायेगी; ऑलिवर ने कहा।

ऑलिवर तुरंत अपनी गर्लफ्रेण्ड मिया को फोन करता है।

मिया, एक बात सुनो, मुझे तुमसे 30 हजार डॉलर चाहिए, अभी और इसी दिन; ऑलिवर ने कहा।

मैं देख रहीं हूँ, तुम बहुत दिनों से काफी परेशान हो यदि तुम मुझे अपनी परेशानियाँ नही बताओगे, तो मैं कैसे तुम्हारी मदद कर सकती हूँ; मिया ने कहा।

बहुत लम्बी कहानी है, एक दिन तुम्हे जरूर बताऊँगा, फिलहाल अभी नहीं; ऑलिवर ने कहा।

मिया और ऑलिवर दोनो का, किसी रोज गार्डन पार्क में मिलना तय होता है। मिया वादे के मुतावित, 30 हजार डॉलर, ऑलिवर को देते वक्त कहती है, क्या तुम मुझे अपने जिंदगी का हिस्सा नहीं समझते?

ऐसी बात नहीं है, तुम मेरी जिंदगी का सबसे बड़ी हिस्सा हो', परन्तु इन सभी बातों का कोई महत्व नही है; ऑलिवर ने कहा।

मतलब, तुम मुझसे सच्चा प्यार नही करते हो?' मिया ने कहा।

तुम हर बार एक ही चिजो को क्यों खिचते रहती हो कि मैं तुमसे प्यार करता हूँ कि नही, आज मैं बता दूँ, तुम ही मेरी जिंदगी का अहम हिस्सा हो और कोई भी नही; ऑलिवर ने कहा।

ओ ऑलिवर, तुम कितने अच्छे हो; मिया ने कहा।

अच्छा, अब मुझे चलना होगा, काफी देर जो चुकी है, तुम भी अपना घर निकलो परन्तु एक बात याद रखना, 30 हजार डॉलर वाली बात किसी को मत बताना; ऑलिवर ने कहा।

ठीक है; मिया ने कहा।

ऑलिवर 50 हजार डॉलर लेकर रात को 12 बजे, डॉ जेम्स के घर पहुँचता है और पैसे देकर अपने घर की ओर निकल जाता है। यह ऑलिवर

की जिंदगी की सबसे बड़ी भुल हो गई थी, उसका, डॉ जेम्स का घर जाना क्योंकि डॉ जेम्स ने इन सारी हरकतो को कैमरे मैं कैद कर लिया था।

अब डॉ जेम्स लोगों को बता सकता है कि ऑलिवर ने मुझें एमेलिया को मारने के लिए पैसे दिये थे यदि मैं पैसे लेने से मना करता तो ऑलिवर मुझे जान से मरवा देता।

कुछ सप्ताह बाद, डॉ जेम्स, ऑलिवर से पुनः एक बार फिर 50 हजार डॉलर की माँग करता है।

ऑलिवर इस बार, उसे एक सुनसान जगह में मिलने के लिए बुलाया, पहले तो उसने मना कर दिया परन्तु बाद में डॉ जेम्स ने बात मान ली, आँखिर लालची जो ठहरा।

ऑलिवर और डॉ जेम्स दोनो ने रात को 1 बजे मिलने का समय तय किया। इस बार ऑलिवर सुटकेश मे 50 हजार डॉलर की जगह, एक बंदूक लेकर गया।

तुम आ गए, बताओ मेरे 50 हजार डॉलर कहाँ है?' डॉ जेम्स ने कहा।

ऑलिवर ने कहा कि, ये लो पैसे, जैसे ही उसने अपनी बंदूक निकाला, डॉ जेम्स रात का अंधेरा का फायदा उठाकर भागने लगा। वह सोचा, यदि उसने डॉ जेम्स को जान से नहीं मारता है, तो उसका सारा खेल समाप्त हो जायेगा।

ऑलिवर, डॉ जेम्स को पकड़ने की कोशिश करता है परन्तु डॉ जेम्स अपनी कार से भागने में सफल हो जाता है, वही दुसरी ओर ऑलिवर भी डॉ जेम्स का पीछा करता है।

ऑलिवर अपनी बंदूक से दो गोलियाँ चलाता है परन्तु डॉ जेम्स की किस्मत बड़ी अच्छी थी, वह दो बार बच जाता है, परन्तु ऑलिवर भी कहाँ

हार मानने वाला था उसने तीसरी गोली, डॉ जेम्स की कार के टॉयर पर गोली दे मारी जिसके कारण गाड़ी का संतुलन बिगड जाता है।

और संतुलन बिगडने के कारण, दूसरे के गाडी को, अपना कार से बचाने के चक्कर में डॉ जेम्स खाई में जा गिरता है और डॉ जेम्स मारा जाता है।

ऑलिवर राहत का साँस लेता है और कहता है, चलो एक दुश्मन का पीछा तो छूटा। तभी मिया के अंकल, मि. ल्यूक वहाँ पहुँच जाते है।

तुम इतनी रात को यहाँ इस सुनसान जगह पर क्या कर रहे हो?' मि. ल्यूक ने कहा।

मै तो बस; ऑलिवर ने कहा।

इतनी रात को बाहर निकलना खतरे से खाली नही, सीधे अपने घर जाओ Mr. Oliver, तुम्हारा परिवार इंतजार कर रहा होगा; मि. ल्यूक ने कहा।

ऑलिवर काफी डरा हुआ था, वह नहीं चाहता था कि मि. ल्यूक उनसे कोई सवाल पूछे और वह सवाल का जवाब न दे पाये, इससे पहले वह मि. ल्यूक के सवाल के उत्तर दिये बिना, वहाँ से निकल पडता है परन्तु उसके मन में कई सवाल थे, उसे तो बड़ा ताजूब हुआ कि मिया के अंकल ने ऑलिवर पर शक क्यों नहीं किया। लगता है, मि. ल्यूक को पता भी नही हो कि कोई कार खाई मे गिरी और उन्हे पता भी नही चला।

एक ओर जहाँ, ऑलिवर डॉ जेम्स को अपने रास्ते से हटा दिया था वहीं दूसरी ओर, वह अपनी माँ को, डॉ जेम्स द्वारा दी गई दवाईयो को धीरे-धीरे उनके भोजन में मिला देता जिसके कारण एमेलिया को पागलपन के दौरे पड़ने लगे, एमेलिया को कुछ समझ नही आ रहा था कि उसे क्या हो रहा है।

मि. हेरिषण इन सब बातों को लेकर बहुत ज्यादा चिंतित रहने लगे कि आँखिर उसकी पत्नी को क्या हो रहा है।

कुछ महीनो बाद, मि. हेरिषण को दुसरा झटका लगा जब उन्हे पता चला कि उसके प्रिय मित्र डॉ जेम्स के खाई में गिर जाने से मृत्यु हो चुकी है।

ऑलिवर बहुत खुश था कि आँखिर उसने डॉ जेम्स को उसके सही जगह पहुँचा दिया और अब उसी तरह अपनी माँ एमेलिया को भी जान से मार देना चाहता था परन्तु वह उसे ऐसा मौत देना चाहता था कि एमेलिया खुद ही अपने आप को फाँसी में लटका ले या खुदकुशी कर ले और ऑलिवर चाहता था कि इसका इल्जाम मि. हेरिषण पर चला जाए।

लगातार तीन महीने तक जहरीली दवा देने से एमेलिया पूरी तरह पागल हो चुकी थी, वह बात-बात पर मरने की धमकी देती जिसके कारण मि. हेरिषण हर पल अपनी पत्नी एमेलिया के साथ रहते।

मि. हेरिषण अपनी पत्नी की परेशानियाँ देख वह अपना पूरा समय ऑफिस पर न देकर एमेलिया पर देने लगे थे और ऑफिस का सारा जिम्मा ऑलिवर को सौप दिये, अब ऑलिवर ऑफिस का बॉस बन चुका था।

25 दिसंबर की क्रिसमस की रात, ऑलिवर आंफिस से घर की ओर निकलता है, तभी मि. हेरिषण की फोन आती है।

बेटा, कहाँ हो; मि. हेरिषण ने कहा।

क्या हुआ पिताजी?' ऑलिवर ने कहा।

रोते हुए मि. हेरिषण कहते है, तुम जल्दी से घर पहुँचों, तुम्हारी माँ छत से कुदने की कोशिश कर रही है इन सारी बातों को सुनकर ऑलिवर को बडा शुकून मिलता है और उसने अपनी कार की रफ्तार धीमी कर दी।

ऑलिवर, मि. हेरिषण द्वारा फोन किये जाने के एक घण्टे बाद अपना घर पहुँचता है, तभी वह देखता है, उसकी माँ जमीन पर मृत पड़ी थी।

ऑलिवर अपनी माँ की लाश के पास जाकर जोर-जोर चिल्लाकर रोने लगता है, हे भगवान! मेरी माँ को क्या हो गया था जिसके कारण जान दे दी, उसका रोना सुन, आस-पड़ोस के लोग इक्कठा हो जाते है।

ऑलिवर रोते हुए मि. हेरिषण से कहा, आप तो घर पर ही थे, ऐसा क्या हुआ कि मेरी माँ ने अपनी जान छत से कूदकर दे दी, बताइये मि. हेरिषण।

मि. हेरिषण किसी बात का कोई जवाब नहीं था क्योंकि अपनी पत्नी के मुत्यु के पश्चात्, वह एक तरह से गुंगे बन गए थे जिसका फायदा ऑलिवर किसी भी हालत में उठाना चाहता था।

ऑलिवर बेहोश होने का नाटक करता और वहाँ पहुँचे सभी पड़ोसी उसे संभालते, पर लोगों को क्या पता कि ऑलिवर झूठी बेहोशी का नाटक कर रहा है।

वहीं दूसरी तरफ, मि. हेरिषण के एक पड़ोसी ने पुलिस को फोन करके बता दिया कि एमेलिया ब्राउन की मौत हो चुकी है। तभी क्वींसलैण्ड के पुलिस वहाँ पहुँच जाते है।

सभी कोई यहाँ से हटिये; मि. ल्यूक ने कहा।

ल्यूक उंकल, देखये ना, मेरी माँ को क्या हो गया है?' ऑलिवर ने कहा।

मि. हेरिषण, आप ही एमेलिया ब्राउन के साथ थे और यह कैसे हुआ?' मि. ल्यूक ने कहा।

रोते हुए, मुझे कुछ पता नही, यह कैसे हुआ, मैने एमेलिया को देखा कि वह छत पर जाकर, कुदकर जान देने की धमकी देती रही और जब मैने उसे रोकने का प्रयास किया तो उसने छत से कुदकर जान दे दी; मि. हेरिषण ने कहा।

एमेलिया ब्राउन ने छत से कुदकर जान दे दी या फिर मि. हेरिषण ने छत पर से धक्का देकर मार डाला; मि. ल्यूक ने कहा।

मि ल्यूक, आप क्या बोल रहे हैं, मैं और खुन, मै कैसे अपनी पत्नी एमेलिया का खून कर सकता हूँ; मि. हेरिषण ने कहा।

अरेस्ट हिम; मि. ल्यूक ने कहा।

यह सुनते ही मि. हेरिषण को गिरफ्तार कर लिया जाता है। फिर क्या था, ऑलिवर मि. हेरिषण को जोर से पकड कर रोने लगता है, नहीं मेरे पिताजी को कोई गिरफ्तार नहीं कर सकते है, मेरे पिताजी ने, मेरी माँ का खुन नही किया है, मैं जानता हूँ मेरे पिताजी बहुत अच्छे और नेक है।

बेटा ऑलिवर, हर मुजरिम यही कहता है, उसने खून नहीं किया है; मि. ल्यूक ने कहा।

ऑलिवर को लगने लगा था कि मि. ल्यूक उसके मन को मानो पढ लिये हो, ऑलिवर जैसे सोंच रहा था, ठीक वैस ही मि. ल्यूक सोंच रहे थे।

मि. हेरिषण को पुलिस गिरफ्तार कर ले जाने वाली होती है तो, ऑलिवर अपने पिताजी से कहता है, पिताजी आप चिंता मत करना, मैं आपको तुरन्त जेल से बाहर निकाल लूगाँ, मैं एक अच्छा वकील हॉयर करूँगा जो आपको इस केस से बरी करवा देगा, बस अपना धैर्य मत खोना।

ऑलिवर, एमेलिया ब्राउन को कब्र में दफनाने के वक्त बहुत रोने का नाटक करता है जिससे पड़ोसियों और पुलिस को उस पर शक न हो कि

एमेलिया ब्राउन के मौत का कारण खुद ही है क्योंकि उसी ने ही डॉ जेम्स की दी हुई दवा को उनके भोजन में मिलाकर देता था जिसका परिणाम यह हुआ कि उसकी माँ एमेलिया पागल हो गई और अपने इस पागलपन के कारण छत से कूदकर जान दे दी।

इस अंतिम विदाई समारोह में, मि. हेरिषण को भी कुछ क्षण के लिए, पुलिस के द्वारा, निगरानी मे लाया गया था।

ऑलिवर अपने पिताजी से गले लगाकर खुब रोता है और कहता है, देखिये पिताजी, मेरी माँ मुझे छुडकर चली गई, अब क्या मैं जीवन भर अकेला ही रहूँगा।

नही बेटा, मै हूँ न, मैं तुरन्त जेल से रिहा हो जाऊँगा; मि. हेरिषण ने कहा।

मुझे पता है कि आपने मेरी माँ का कत्ल नही किया और मै कोर्ट में यह साबित कर दूँगा। कि आप ने कोई अपराध नहीं किया; ऑलिवर ने कहा।

मि. हेरिषण रोते हुए कहते है, बेटा अपना ध्यान रखना। जब ऑलिवर ने मि. हेरिषण को रोता देखा तो मानो, आज उसने आधी जंग जीत ली हो।

इस इंसान को रोता देख, आज मेरे मरे हुए पिताजी की आत्मा को बड़ी शांति मिलेगी।

अगले ही दिन, मि. हेरिषण को कोर्ट में पेश किया जाता है। ऑलिवर ने एक बहुत बड़ा वकील हॉयर की थी परन्तु केस जीतने के लिए नही, केस हारने के लिए, ताकि थॉमस स्मिथ के हत्यारे को कम से कम 10 से 15 साल की सजा मिल सके।

ऑलिवर ने जैसा सोचा था ठीक वैसा ही हुआ, मि. हेरिषण को 10 साल की सजा मिली। जिस हत्यारे को बहुत पहले ही सजा मिलनी चाहिए थी, उसे आज जा के सजा मिल पायी।

आज ऑलिवर को बहुत शुकुन मिला कि उसके पिताजी के कातिलों को सजा मिल रही है, कहावत है ना, भगवान के घर देर है, अँधेर नहीं।

मि. हेरिषण को कोर्ट से गिरफ्तार कर उन्हैं क्वीन्सलैण्ड के सेन्ट्रल जेल में ले जाया जाता है। मि. हेरिषण को जेल न0 775 में रखा जाता है।

ऑलिवर उनसे मिलने महीने में एक बार जाता है। उसने देखा कि मि. हेरिषण काफी टूट चुके थे क्योंकि उनके पास न सोहरत बची और न ही इज्जत।

अब मि. हेरिषण पूरी तरह बर्बाद और दिवालिया हो चुके थे, अब तो हालात यह थे कि उन्हे पुछ्ने वाला कोई नहीं था जिसका फायदा ऑलिवर उठा रहा था क्योंकि उनके ऑफिस का मालिकाना हक, ऑलिवर को मिल चुका था, फिर ऑलिवर ने ऑफिस को अपने कब्जे में ले लिया था।

उनका हर मैग्जिन और अखबार में कभी फोटो छपती थी, आज उन्हे कोई पुछ्ने वाला कोई न था मानो इतने बड़े क्वीन्सलैण्ड के लेखक को भूल चुके थे जिन्हे पहले महान लेखक के रूप में जानते थे, अब इन्हे एमेलिया ब्राअन के हत्यारे के रूप मे जानने लगे।

रविवार शाम ऑलिवर मि. हेरिषन से मिलने जेल-खाना जाता है, ऑलिवर, मि. हेरिषण की हालात देखकर बहुत खुश हो जाता है।

पिताजी आप कैसे है?' ऑलिवर ने कहा।

मै कैसे ठीक रह सकता हूँ, जेल के अंदर; मि. हेरिषण ने कहा।

चिंता मत करिये पिताजी, मै आपको अभी भी जेल से बाहर निकालने का प्रयास में लगा हुआ हूँ; ऑलिवर ने कहा।

देखो ऑलिवर, जो भी मेरी बची हुई प्रोपर्टी है, अब तुम्हे ही अच्छी तरह से संभाल कर रखनी है क्योंकि मुझे संपति को बचाने में कई साल लगे है; मि. हेरिषण ने कहा।

बड़ा लालची आदमी है, अभी भी अपनी संपंत्ति और धन की चिंता पड़ी है, मालूम भी है कि इन्हे 10 साल इसी जेल में रहनी है; ऑलिवर ने कहा।

ऑलिवर, तुमने कुछ बोला?' मि. हेरिषण ने कहा।

नही तो; ऑलिवर ने कहा।

पिताजी मैं सोंच रहा हूँ क्यों आपको इस जुर्म से बरी नही कर सका, मुझे मालूम है कि आपने मेरी माँ की हत्या नहीं की है और मुझे यह भी पता है कि आप मेरी माँ से बहुत प्यार करते थे; ऑलिवर ने कहा।

बेटा, मेरे लिए, तुम्हारा विश्वास ही काफी है कि मैंने एमेलिया अर्थात तुम्हारी माँ का कत्ल नहीं किया है और ये सब जानते हो, मेरे लिए यही काफी है; मि. हेरिषण ने कहा।

अच्छा पिताजी मिलने की समय सीमा समाप्त हो रही है, अपना ख्याल रखना, मैं आपसे महीने में एक बार जरूर मिलने आया कँरूगा; ऑलिवर ने कहा।

चिंता मत करना जो हुआ सो हुआ, अपना ख्याल रखना, मै एक दिन निकल ही जाऊँगा और हाँ, जरूर अपने पिताजी से मिलने आना; मि. हेरिषण ने कहा।

ठीक है, चलता हूँ; ऑलिवर ने कहा।

अब ऑलिवर, जल्द से जल्द मि. हेरिषण के जेल से रिहा होने से पहले सारी संपत्ति (मि. हेरिषण के) पाना चाहता था क्योंकि वह नही चाहता था कि मि. हेरिषण फिर से आर्थिक रूप से मजबूत बने और फिर से क्वीन्सलैण्ड का प्रतिष्ठित आदमी बन जाए।

ऑलिवर ने अपने आप से कहा, मि. हेरिषण ने क्या सोचा था? मै जब 30 साल का हो जाऊँगा, तब वह मुझे मार कर 200 मिलियन डॉलर की संपत्ति हडप लेगा और मैं चुपचाप बैठकर सिर्फ तमाशा ही देखूँगा।

समय बीतने के साथ ही, ऑलिवर ने मि. हेरिषण के घर ऑफिस और उनकी खरीदी गई सारी संपत्ति के द्वारा ऑलिवर ने एक छोटी सी ऑफिस खोल डाली।

अब ऑलिवर उसी घर में रहने लगा जहाँ वह अपनी माँ के साथ रहता था यानी अपने पिता के घर।

वह भी लेखक की दुनिया मे अपने कदम रख चुका था। अपने पहले पिताजी की तरह एक सफल लेखक जो बननी थी। वह दिन रात एक कर दिया क्योंकि उसे एक सफल लेखक के रूप मे, थॉमस स्मिथ देखना चाहते थे।

शुरूआत में वह एक छोटे - मोटे आखबार और मैग्जीन में आर्टिकल लिखता। शुरूआत में उसे थोड़ी दिक्कत का सामना करना पड़ा परन्तु कुछ महीनो के बाद, उसे क्वीन्सलैण्ड अखबार मे परमानैन्ट नौकरी मिल गई। अब ऑलिवर की राह काफी हद तक सुलझ चुकी थी, अब उसे पता था कि उसे आगे क्या करना है।

फिर ऑलिवर ने, अपना पूरा ध्यान नॉवेल लिखने में लगा दिया ऑफिस से घर आता और अपना सारा काम करके, नॉवेल लिखता। शुरूआत में, वह छोटी - छोटी नॉवेल लिखता और उसे प्रकाशित कराता परन्तु इससे ऑलिवर को कहाँ, बडी सोहरत मिलने वाली थी। कहावत है ना, जितनी बडी सपनो को पूरा करोगे उतना ही बडी सफलता होगी।

इसी राह पर ऑलिवर चल पडा था, अब वह बडे-बडे नॉवेल लिखता जैसे फिक्शन, नॉनफिक्शन, कॉमेडी इत्यादि परन्तु फिर भी वह जाना-माना लेखक बन नही पाया था।

ऑलिवर भी एक महान लेखक बनना चाहता था क्योंकि उसे बडी सौहरत कमानी थी। आँखिर किसे नही चाहिए कि उनके पास गाड़ी बंगला हो।

ऑलिवर, अपने बल पर एक सफल इंसान बनने में विश्वास करता था परन्तु अब नही क्योंकि लोगो की बातो में, उसे विश्वास नही है।

कभी-कभी ऑफिस पर ऑलिवर को इस बात पर ताने मारे जाते कि उसके पिता एक बहुत ही बूजदिल थे जिसने फाँसी लगाकर आत्महत्या कर ली। वह इन सारी बातों को अनसुना कर, अपना पूरा ध्यान, अपने कामों पर दिया करता।

समय बीतते चले गए दिन से महीने और महीने से कई साल, पता भी नहीं चला कि कब 10 साल बीत चुके है। 10 साल बाद, मि. हेरिषण को मेरी माँ के कत्ल के जुर्म से रिहा मिल गई और मि. हेरिषण जिसके पास कोई घर नही था तो वे मेरे घर पर रहने लगते है। अब मि. हेरिषण की अकड़ पहले जैसे नही रही क्योंकि उनके पास एक रूपया तक नही बचा था परन्तु वे पहले की तरह लालची और मक्कार थे।

यदि उनको दुबारा मौका मिले तो मेरी संपत्ति को हडपने के लिए मेरी जान ले ले। इन्हे इसके लिए और 2 साल का इतंजार करना पडेगा।

मि. हेरिषण पूरी तरह हताश हो चुके थे, उन्हे समझ नहीं आ रहा था कि करे तो करे क्या?

मि. हेरिषण अपने खोये हुए रूतबे को फिर से हासिल करना चाहते थे, वे चाहते थे कि फिर से वही अमीरी हो।

ऑलिवर, एक बात तुम्हारे से पूछना चाहता हूँ; मि. हेरिषण ने कहा

क्या?' ऑलिवर ने कहा।

मैं आपके उम्र से काफी छोटा हूँ भला मैं आपको क्या सलाह दे सकता हूँ ; ऑलिवर ने कहा।

फिर भी, मैं तुमसे ही इस विषय पर राय लेना चाहता हूँ; मि. हेरिषण ने कहा।

छोटी मुँह बडी बात, यह थोडा अजीब है परंतु हमारे लिए फायदे का सौदा होगा; ऑलिवर ने कहा।

सौदा! कैसा सौदा?' मि. हेरिषण ने कहा।

हाँ, हमारे बीच 50: 50 का सौदा जो हम दोनो के बीच होगा; ऑलिवर ने कहा।

ठीक है, मुझे मंजूर है; मि. हेरिषण ने कहा।

सुनिये, मैं एक नॉवेल लिखूँगा और मेरे लिखे इस नॉवेल को आप चोरी कर लेना, जिस कारण में आप पर मेरे Novel (नॉवेल) की चोरी के इल्जाम में, मैं आप पर केस कर दूँगा, इस कारण आपको जेल हो जायेगी और मैं आपका बेटा, होने के वजह से अपना केस वापस ले लूँगा; ऑलिवर ने कहा।

इससे क्या होगा?' मि. हेरिषण ने कहा।

इससे मेरे लिखे नॉवेल की चोरी की कहानी के कारण, नॉवेल की बिक्री कई गुणा बढ. जायेगी और मै, रातो-रात एक महान लेखक के रूप में प्रसिद्ध हो जाऊँगा और इसकी वजह आप होगे; ऑलिवर ने कहा।

कैसे?' मि. हेरिषण ने कहा।

क्योंकि आप क्वीन्सलैण्ड के महान लेखक जो ठहरे और दूसरी ओर मिडिया में यह फैल जायेगी कि इतने बडे लेखक (मि. हेरिषण) ने एक उभरता हुआ लेखक के नॉवेल की कहानी की चोरी की, मेरे नॉवेल की कहानी की चोरी के कारण लोग इसे हाथो-हाथ खरीदेगे क्योंकि लोग जानना चाहेंगे कि नॉवेल मे ऐसी कौन सी कहानी है जिसके कारण इतने बड़े लेखक को इस कहानी की चोरी करनी पड़ी; ऑलिवर ने कहा।

वाह! क्या बात है, मुझे पता था तुम मुझे इस गरीबी के गर्त से जरूर बाहर निकालोगे; मि. हेरिषण ने कहा।

इसलिए मैं कहता हूँ कभी छोटे बच्चो की बातो को सुन लेना चाहिए; ऑलिवर ने कहा।

अगली बार से इन बातों का जरूर ख्याल रखूँगा, परन्तु; मि हेरिषण ने कहा।

परन्तु गया तेल लेने, नॉवेल की बिक्री के साथ ही मै और आप अमीर बन जायेंगे और उन पैसों को 50 : 50 में बाँट लेंगे; ऑलिवर ने कहा।

इन सभी बातों को सुनकर, मानो मि. हेरिषण की पंखो मे जान आ गई हो।

वाह! ऑलिवर, तुमने तो कमाल की कहानी बनाई है, ऐसी कहानी गडना तो लोग तुमसे सीखे; मि. हेरिषण ने कहा

थैंक क्यू मि. हेरिषण, माफ किजियेगा डैड, आप ने सही कहा है; ऑलिवर ने कहा।

चलो, अब तैयार हो जाओ, कल से एक ऐसी कहानी लिखो कि लोगो को इस नॉवेल की कहानी को पढ़कर उनके दिलो दिमाग में बस जाए; मि. हेरिषण ने कहा।

ऐसा ही होगा मै एक ऐसा नॉवेल लिखूँगा जिसका प्रभाव पढ़ने वाले प्रत्येक लोगो पर पड़े और कहे कि वाह! क्या नॉवेल है; ऑलिवर ने कहा।

ऑलिवर ने दो महीनों में 'अगेन एण्ड अगेन' नाम की नॉवेल लिख डाली।

जैसे दोनो ने कहानी बनाई थी, मि. हेरिषण ने ऑलिवर के लेपटॉप से, उसके लिखें नॉवेल को अपने पैन ड्राईव की सहायता से चुरा लेता है।

हेलो, क्वीन्सलैण्ड पुलिस, मेरे लेपटॉप से मेरे लिखे हुए नॉवेल चोरी हो गया है, मुझे लगता है, यह सारा काम मि. हेरिषण का है क्योंकि वही एक व्यक्ति है जो मेरे घर पर रहते है और उसी ने शायद मेरे लिखे हुए कहानी को डिलिट कर दिये, मैं चाहता हूँ उनसे पुछताछ करें; ऑलिवर ने कहा।

जरूर मि. ऑलिवर; मि. ल्यूक ने कहा।

हेरिषण, मैं मि. ल्यूक बोल रहा हूँ और मै, आपसे मिलना चाहता हूँ; मि. ल्यूक ने कहा।

जरूर मि. ल्यूक; मि. हेरिषण ने कहा।

क्वींसलैण्ड पुलिस उनसे मिलने पहुँच जाती है।

क्वींसलैण्ड पुलिस, आपके कमरे की तालाशी चाहिए; मि. ल्यूक ने कहा।

आपके पास सर्च वारेंट है; मि. हेरिषण ने कहा।

बिना सवाल के जवाब दिये, मि ल्यूक, मि. हेरिषण के कमरे की तालाशी करते है, तालाशी के दौरान क्वींसलैण्ड पुलिस के एक पेन ड्राईव मिला जिसमे ऑलिवर के नॉवेल के चोरी के सबुत थे, क्वीनसलैण्ड पुलिस, मि. हेरिषण को गिरफ्तार कर लेती है और उन्हें इसके कारण जेल भेज दिया जाता है।

यदि अब मि. हेरिषण इस नॉवेल की चोरी वाली बात की सच्चाई पुलिस को बतायेंगे, तब भी पुलिस विश्वास नही करेगी।

कहावत है ना, यदि इंसान कोई बड़ी जुर्म करता है तो उसके बाद की सारी सच्चाई, झूठ में बदल जाती है और लोग ऐसे लोगो की बातो को फरेब की तरह देखने लगते है।

ऑलिवर, अपने मिडिया से जुड़े हुए दोस्त को नॉवेल की कहानी की चोरी होने वाली खबर को एक ब्रेकिंग न्यूज मे दिखाने को कहता है और यह खबर पूरी अस्ट्रेलिया मिडिया में, जंगल में लगी आग की तरह फैल जाती है।

कहावत है ना, जो दिखता है वह बिकता है।

ऑलिवर की नॉवेल की बिक्री काफी होने लगी और अगले दो दिन में ही दस लाख नॉवेल (अगेन एण्ड अगेन)की कापियाँ बिक गई। वह कुछ ही दिनों में करोड़पत्ति बन गया जिसके कारण वह क्वीन्सलैण्ड का मशहूर लेखक बन गया। और इस उपलब्धि के कारण ऑलिवर को देश का सबसे बड़ा सम्मान दिया गया।

अब ऑलिवर की दुनिया साधारण नही थे, अब वह उस देश का जाना माना सेलीब्रेटी बन गया था, रोज कुछ न कुछ ऑलिवर के बारे में मैग्जीन के पन्नो पर छपती जैसे उनके पिताजी के बारे मे छपते थे।

मि. हेरिषण इस बात से खुश थे कि ऑलिवर अब तुरंत केस वापस लेगा और अब वे जेल से बाहर निकल जायेंगे परन्तु ऑलिवर मि. हेरिषण को एक साल बाद, जेल से छुड़ायेगा क्योंकि ऑलिवर, मि. हेरिषण को तड़पा- तड़पाकर मारना चाहते थे जैसे उन्होने ऑलिवर के पिता को तड़पाकर मारा था।

ऑलिवर और मिया काफी करीब आ चुके थे। ऑलिवर ने फैसला किया कि एक साल बाद मिया से शादी कर लेगा।

मिया, क्या तुम मुझसे शादी करना चाहोगी; ऑलिवर ने कहा।

क्यों नही, मैं तुमसे सच्चा प्यार करती हूँ; मिया ने कहा।

क्या तुमने मेरी नॉवेल पढ़ी; ऑलिवर ने कहा।

नहीं, पर मैं जरूर पढ़ूँगी, पता तो चले, मै जिससे प्यार करती हूँ, उसकी नॉवेल की कैसी परख है; मिया ने कहा।

मेरी नॉवेल लिखने की परख, तुम्ही से सीखा है; ऑलिवर ने कहा।

कैसी परख, जो तुमने मुझसे सीखा है; मिया ने कहा।

सच्चाई और एक-दूसरे के प्रति विश्वास जो तुमने मुझे समझाया है ठीक उसी एहसास को समाये मैने इस नॉवेल को लिख डाला; ऑलिवर ने कहा।

ओ ऑलिवर, आई लव यू; मिया ने कहा।

आई लव यू टू; ऑलिवर ने कहा।

कुछ दिनो बाद, ऑलिवर की दादीजी का फोन आती है।

वाह! बेटा, तुमने आज मेरा शीना गर्व से ऊँचा कर दिया है; इला ने कहा।

दादी जी इतने दिनो बाद आपको, अपने पोते की याद आयी है, लगता है आप, मुझे भूल गई हो; ऑलिवर ने कहा।

नही बेटा, भला मै तुम्हे कैसे भुल सकती हूँ, तुम मेरी जिंदगी हो, तुम्हे कुछ हो गया तो मेरा क्या होगा; इला ने कहा।

अच्छा आप कब आ रही हो?' ऑलिवर ने कहा।

जब तुम 30 साल के हो जाओगे तब मैं क्वीन्सलैण्ड में ही जाकर बस जाऊँगी; इला ने कहा।

ठीक है, दादीजी, मुझे आपका इंतजार रहेगा; ऑलिवर ने कहा।

मुझे भी तुम्हारे 30 साल के होने का इंतजार रहेगा; इला ने कहा।

आप ने कुछ कहा; ऑलिवर ने कहा।

नही बेटा, कुछ नही बोला; इला ने कहा।

ऑलिवर ने अपने नम आँखो से अपने दादीजी को बॉई कहा और अपना फोन रख दिया।

अब ऑलिवर को आगे की रणनीति बनाने मे लग जाता है कि आगे मि. हेरिषण से कैसे सामना करना है क्योंकि मि. हेरिषण को हराना इतना आसान नहीं था।

वे जैसे ही जेल से बाहर निकलेंगे शायद सबसे पहले मेरे पर वार करे, उनसे पहले मे उनपर हमला कर दूँगा। इसको लेकर ऑलिवर रणनीति बनाता रहता था।

ऑलिवर अब क्वींसलैण्ड का एक महान लेखक बन चुका था, वह जहाँ भी जाता वहाँ बड़ा ही सम्मान मिलता। उसे अपने पिताजी की तरह बहुत प्यार मिलने लगा। सफतला के एक साल कैसे बीत गए, ऑलिवर को पता ही नही चला।

ऑलिवर अपने वकील के साथ, मि. हेरिषण से मिलने जेल जाता है। मि. हेरिषण, ऑलिवर को देखकर थोड़ा गुस्सा हो रहा था क्योंकि उसे लग रहा था कि ऑलिवर छः महीने के अंदर उन्हे जेल से छुड़वा लेगा परन्तु ऑलिवर ने ऐसा नही किया।

मि. हेरिषण आप कैसे हो; ऑलिवर ने कहा।

गुस्से से, मैं जेल में हूँ और तुम बोल रहे हो, आप कैसे हो; मि. हेरिषण ने कहा।

आपका गुस्सा जायज है; ऑलिवर ने कहा।

तुमने कहा था कि तुम मुझे छः महीने के अंदर अपना केस वापस लेकर, मुझे जेल से बाहर निकॉलोगे परन्तु तुमने ऐसा क्यों नहीं किया? और तुम मुझसे एक साल बाद मिलने आये, तुम्हे शर्म नही आती; मि. हेरिषण ने कहा।

मेरी बात तो सुनये, मेरा इतना दिनो बाद, आपसे मिलने आना, हम दोनो के लिए बहुत ही हित की बात है; ऑलिवर ने कहा।

ऑलिवर, कही तुम मेरे साथ कोई गेम तो नहीं खेल रहे हो; मि. हेरिषण ने कहा।

भला मैं अपने डैड से कोई गेम कैसे खेल सकता हूँ; ऑलिवर ने कहा।

पर यह क्या है, तुम्हारा एक साल बाद मिलने आना; मि. हेरिषण ने कहा।

यदि मैं आपकों छः महीने के अंदर, जेल से बाहर निकलवाता तो मैं भी शक के घेरे में आ जाता जो मैं ऐसा कभी नहीं चाहता था; ऑलिवर ने कहा।

अभी भी मुझे इन बातों में विश्वास नहीं हो रहा है कि तुम सच बोल रहे हो या फिर झुठ; मि. हेरिषण ने कहा।

आपको अपने बेटे पर विश्वास नहीं है, आपको क्या हो गया है, आप नहीं चाहते हो कि आपका फिर से वही रूतबा और सम्मान मिले, भले ही आपको एक हत्यारे के रूप मे जानते है फिर भी लोग, आपको इज्जत देगें क्योंकि पैसो में इतनी ताकत होती है कि रूपया-पैसा हर गलत चीजो को छिपा देती है; ऑलिवर ने कहा।

हैरानी भरी नजरो से, मुझे अभी भी तुम्हारे बातों से हैरानी हो रही है; मि. हेरिषण ने कहा।

आपको इतना हैरान होने की जरूरत नही है, आप केवल वकील के कागजात पर सांईन कर दीजिये; ऑलिवर ने कहा।

किस चीज की कागजात है, कही तुम सारी सम्पति को हड़पना तो नहीं चाहते; हेरिषण ने कहा।

आपका दिमाग मे घुन लग गई है, यह कागजात आपकी बेल की है चुपचाप इन कागजातों पर साइन कीजिये ताकि आपको जेल से बाहर निकाल पाये; ऑलिवर ने कहा।

मुझे भी कागजात पढ़नी है; मि. हेरिषण ने कहा।

आपको मुझ पर शक है कि मै नॉवेल की सारी कमाई की पैसो को हड़प लूँगा, मुझे आपसे ऐसी उम्मीद नहीं थी; ऑलिवर ने कहा।

बेटा, जब पैसो की बात हो ना, तब रिश्तो को सेकेन्ड लिस्ट में रखना चाहिए; मि. हेरिषण ने कहा।

साला, लालची आदमी; ऑलिवर ने कहा।

मि. हेरिषण बेल के कागजातो को अच्छी तरह से पढ़ता है तब जा के, इन कागजातो पर अपना हस्ताक्षर करता है।

मिल गई कलेजे में ठंडक, मैने कहा था ना, इसमें ऐसा कुछ नही है; ऑलिवर ने कहा।

बेटा माफ कर दो; मि. हेरिषण ने कहा।

कुछ दिनो बाद, मि. हेरिषण की जेल से रिहाई हो जाती है, इसलिए ऑलिवर ने मि. हेरिषण की रिहाई की खुशी में एक पार्टी रखने का फैसला करता है ताकी उन्हे कोई शक न हो कि ऑलिवर उनके रिहाई पर खुश नही है।

ऑलिवर ने इस पार्टी मे देश के सभी जाने-माने हस्तियो को बुलाया जिसमे नेता, अभिनेता, लेखक इत्यादि लोगो ने इस पार्टी में शामिल हुए। पार्टी बड़ी धुम धाम से मनाया जा रहा था।

ऑलिवर इस पार्टी को यादगार बनाने की सोची, उसने इसी पार्टी में, अपनी गर्लफ्रैण्ड मिया से सगाई कर ली और इतने सारे लोगो के बीच, यह घोषणा कर दी कि वे दोनो अगले साल शादी करने जा रहें है।

इन सारी बातो को सुनते ही लोगो ने खुब बधाईयाँ दी सिवाय मि. हेरिषण के।

ऑलिवर ने देखा कि जिसके लिए उसने पार्टी रखी है, उसकी तो चेहरे की पूरी मुस्कान ही गायब हो गई जब पता चला कि ऑलिवर और मिया अगले साल शादी करने वाले है।

मि. हेरिषण के तो होश ही उड़ गए थे, उन्हे लग रहा था कि उनके हाथो से अब 200 मीलियन डॉलर की संपति निकलने वाली है।

हेरिषण ने ऑलिवर को एक कोने मे ले जाकर कहते है, बेटा, अभी तुम्हारी शादी करने का सही वक्त नही आया है, अभी तुम्हे और आगे लेखक की दुनिया में नाम कमाना है, तुम ऐसा नही कर सकते हो, इससे तुम्हारी केरियर पर असर पड़ेगा, मैं नहीं चाहता कि तुम्हारी इस शादी से, तुम्हारे स्टाडम कही फीकी न पड़ जाए।

मि. हेरिषण, आप चिंता मत करिये, आपको इससे कोई दिक्कत नही होनी चाहिए; ऑलिवर ने कहा।

मुझे पता है, हमदोनो के नॉवेल की बिक्री की कमाई पर आधी-आधी हिस्सेदारी है, फिर भी बेटा, एक बार दुबारा सोच लो कि क्या तुम्हे अगले साल शादी करनी ही है?' मि. हेरिषण ने कहा।

हाँ, मुझे अगले ही साल शादी करनी है, पर आप ऐसा सवाल क्यों पुछ रहे है?' ऑलिवर ने कहा।

मैं चाहता हूँ तुम मिया से शादी मत करो, मिया अच्छी लड़की नही है, मिया बस तुम्हारी संपत्ति से प्यार करती है; मि. हेरिषण ने कहा।

लगता है, आपने ज्यादा पी रखी है इसलिए जो मन मे आ रहा है, बोले जा रहे है, जाएये पार्टी समाप्त हो चुकी है, अपने कमरे में चले जाएये, मैं आपसे सुबह में बात करूँगा; ऑलिवर ने कहा।

ऑलिवर को लग रहा था, हेरिषन उसके 200 मीलियन डॉलर की संपत्ति की बात करना चाह रहे थे, पर वे कह नहीं सकते थे कि उसके नाम पे 200 मिलियन डॉलर की संपत्ति उसके पिताजी स्वः थॉमस स्मिथ ने कर रखी है।

पार्टी समाप्त हो जाती है, सभी गणमान्य लोग चले जाते है।

ऑलिवर भी मिया को उसके घर पहुँचाकर अपने घर आ जाता है। और वह सीधे अपने कमरे में सोने चला जाता है। एक घण्टे बाद, ऑलिवर को कुछ आवाज सुनाई देती है।

बेटा ऑलिवर, मैं हूँ मि. हेरिषण, बेटा तुम सो गए क्या?' मि. हेरिषण ने कहा।

नही, मि. हेरिषण, मैं अभी तक सोया नहीं हूँ वैसे अपको इतनी देर रात को किसी की जगाना नही चाहिए था; ऑलिवर ने कहा।

मुझे तुमसे कुछ बातें करनी है; मि. हेरिषण ने कहा।

क्या बाते करनी है, बातें तो सुबह भी हो सकती है; ऑलिवर ने कहा।

रोने की आवाज सुनाई देती है।

हे भगवान! यह इंसान कितन खतरनाक है, 200 मीलियन डॉलर के लिए क्या-क्या नाटक कर रहा है; ऑलिवर ने कहा।

ऑलिवर अपना दरवाजा खोलता है।

रोते हुए, बेटा, आज तुम्हारी माँ एमेलिया की बहुत याद आ रही है, उसने मरते वक्त बोला था कि तुम मेरे बेटे ऑलिवर का बहुत ख्याल रखना; मि. हेरिषण ने कहा।

ऑलिवर को डर लग रहा था, कुछ तो गड़बड़ है, घर में किसी भी गार्ड की आवाज नही आ रही थी। अचानक फिर से मि. हेरिषण रोने लगते है।

आप रोये नही मि. हेरिषण, मैं आपके साथ हूँ और हमेशा रहूँगा।

मैं रोऊँ नही तो क्या करूँ, मैं तुम्हारी माँ से बहुत प्यार करता था, पर वे मुझे छोड़कर चली गई; मि. हेरिषण ने कहा।

मुझे भी बड़ा दुख है, मेरी माँ के खोने का, मैं भी उतनी ही प्यार करता था जितना की आप करते थे; ऑलिवर ने कहा।

पर, मै जिससे प्यार करता हूँ, वही मुझे छोड़कर चला जाता है, अब तुम्हारी शादी के बाद मैं फिर से अकेला रह जाऊँगा; मि. हेरिषण ने कहा।

कैसे आप अकेले रहेंगे, हमलोग एक ही घर में रहेंगे तो फिर आप कैसे कह सकते है कि हमलोग आप को अकेला छोड़ देंगे; ऑलिवर ने कहा।

तुम्हारी अगले साल शादी होगी और फिर तुम्हारे बच्चे होंगे और जब बच्चें होंगे, तो तुम फिर अपनी 200 मीलियन डॉलर की संपत्ति अपने बच्चों मे बाँट दोंगे जो मैं नही चाहता हुँ; मि. हेरिषण ने कहा।

फिर ऐसा कहते ही, मि. हेरिषण जोर से ऑलिवर को चाकू मार देते है, ऑलिवर जमीन पर गिर जाता है, फिर दुबारा मि. हेरिषण चाकू से वार करता है परन्तु ऑलिवर जैसे-तैसे इधर-उधर भाँगने लगता है।

गार्ड, गार्ड, चिल्लाता है परन्तु कोई असका आवाज सुनता नही है, ऑलिवर अपनी जान बचाने के लिए, स्टोर रूम की तरफ भागता है वहीं

दूसरी तरफ मि. हेरिषण, चाकू से हमला करने के लिए ऑलिवर के तरफ जाता है।

ऑलिवर खुन से लतपत था फिर भी उसने हौसला के साथ, घर की सभी लाईटे को बुझा दिया क्योंकि स्टोर रूम में ही, सभी रूमो का मेन स्वीच था।

बेटा ऑलिवर, बाहर निकल भी जाऊँ, आज तुम बच नही सकते हो; मि. हेरिषण ने कहा।

कुछ छणो के लिए, मानो ऑलिवर की साँसे थम सी गई, उसे समझ नही आ रहा था कि करे तो करे क्या।

मि. हेरिषण, घर में अँधेरे के कारण, गुस्से से सभी चीजो को तोडफोड़ करने लगे क्योंकि ऑलिवर मिल नही पा रहा था।

तुमको ऐसा मौत दूँगा कि तेरे पिताजी की याद आ जायेगी, मैं भी तुम्हारे पिता की हत्या मे शामिल था, हमलोगो ने ही तुम्हारे पिताजी को फाँसी लगाकर मार डाला था, अब तुम्हारी बारी, मै उसी तरह तुमको भी मौत दूँगा और किसी को पता भी नही चलेगी; मि. हेरिषण ने कहा।

हँसते हुए, तुम कितने बैवकूफ लग रहे हो, मुझे पहले से ही पता था कि तुमलोगो ने मेरे पिताजी की हत्या की है; ऑलिवर ने कहा।

तुम झुठ बोल रहे हो', भला इतनी गुप्त बात कैसे जानते हो?' मि. हेरिषण ने कहा।

मैने, मेरी माँ और आपकी बाते सुन ली थी; ऑलिवर ने कहा।

तुम्हे यह भी पता है कि तुम्हारी माँ भी, तुम्हारे पिताजी की हत्या में शामिल थी; मि. हेरिषण ने कहा।

मुझे हरेक चीज मालूम है जो मेरे पिताजी की हत्या से जुड़ी है परन्तु आपको कुछ बातें पता नही है; ऑलिवर ने कहा।

क्या? जल्दी बताओ, नही तो; मि. हेरिषण ने कहा।

इतने में बौखला गये' तुम्हे पता है, डॉ जेम्स की हत्या किसने की थी? मैने; ऑलिवर ने कहा।

नही, तुम ऐसा नही कर सकते हो, तुम झुठ बोल रहे हो, तुम्हारी इतनी हिम्मत नहीं है; मि. हेरिषण ने कहा।

तुम्हे पता है, हम दोनो यानी डॉ जेम्स (Dr. James) और मेरे बीच एक समझौता हुआ था; ऑलिवर ने कहा।

कैसा समझौता?' मि. हेरिषण ने कहा।

मेरे 200 मीलियन डॉलर की संपत्ति मे पचास-पचास का बटवारा; ऑलिवर ने कहा।

पर तुम क्यों 100 मीलियन डॉलर जेम्स को देना चाहते थे, इतनी बड़ी रकम भला क्यो, किसी को कोई देना चाहे, हो सकता है कोई ऐसी चीजे तुम्हारे बारे में जानता था जो कोई नहीं जानता है; मि. हेरिषण ने कहा।

हाँ, आपने सही अनुमान लगाया, डॉ जेम्स मेरे बारे में कोई ऐसा बात जान गए थे और उसने इसका फायदा भी उठाया परन्तु जब मैने उसको पैसे देने से इनकार किया तो डॉ जेम्स मुझे ब्लैकमेल करने लगे; ऑलिवर ने कहा।

कैसा ब्लैक मेल?' मि. हेरिषण ने कहा।

तुम्हारी पत्नी यानी मेरी माँ को जहरीली दवा देने वाली बात को लेकर, मुझे ब्लैकमेल करने लगे थे। इसी सारी बातों के लेकर डॉ जेम्स ने मुझें समय-समय पर पैसा माँगता यदि मै मना करता तो डॉ जेम्स सारी बाते, आपको बता देने की धमकी देता, उनकी पैसो की डिमाण्ड बढ़ती ही जा

रही थी इसलिए मैने उसे एक सुनसान जगह पर मिलने बुलाया और उसे खाई मे गिराकर मार डाला; ऑलिवर ने कहा।

मि हेरिषण ने चीखकर कहा, ऑलिवर तुम्हारी शरीर का इतना टुकड़ा करूँगा कि तुम्हे कोई पहचान नही कर पायेगा।

आज मैं मर भी जाता हूँ, तो मुझे बड़ा शुकुन मिलेगा क्योंकि मैने, मेरे पिताजी की हत्या में शामिल दो लोगो को मार डाला; ऑलिवर ने कहा।

तुम्हे मैं ऐसा मौत दूँगा कि तेरी रूह काँप उठेगी; मि. हेरिषण ने कहा

अब ऑलिवर में ज्यादा हौंसला नही बचा था, इसका कारण था अधिक शरीर से खुन का बहना और यदि ऐसे ही ऑलिवर के शरीर से खुन बहता तो उसकी जान भी जा सकती थी इसलिए उसने अपने शर्ट के कपड़े को फाडकर, कंधे पर पट्टी की तरह बाँध लेता है परन्तु इसके चक्कर में उससे सबसे बड़ी भुल हो जाती है, उसके पास रखे ड्रम गिर जाता है और ड्रम के गिरने से मि. हेरिषण को पता चल जाता हैं।

ऑलिवर में इतनी ताकत नही थी कि वह मि. हेरिषण से लड़ पाता और इसी का फायदा मि. हेरिषण उठाता है, ऑलिवर के सिर पर रॉड से हमला कर बेहोश कर देता है और उसे घसीट कर अपने कार की डिक्की मे बंद कर, वही जगह ले जाता है जहाँ ऑलिवर ने डॉ जेम्स को खाई में गिराकर मार डाला था।

मि. हेरिषण, ऑलिवर के शरीर को गाड़ी की डिक्की से बाहर निकलता है, और निकलाते ही ऑलिवर के शरीर पर, चाकू से तीन बार मारता है, जिससे ऑलिवर चींखने लगता है।

चीख, और चीख, यहाँ तेरी चीख को सुनने वाला कोई नही है तुम्हे पता है, तेरी 200 मीलियन डॉलर की संपत्ति को पाने के लिए मैने अपने

नवजात बच्चे की जान ले ली ताकि मेरे पत्नी एमेलिया, तुम्हारे पिताजी थॉमस स्मिथ से शादी कर सके।

और शादी के बाद, हमलोग तेरे पिताजी की हत्या कर सारी सम्पति पर कब्जा कर पाये परन्तु हमलोगो का सारा खेल बिगड़ गया जब तेरे पिताजी ने तुम्हारे नाम 200 मीलियन डॉलर की संपत्ति तुम्हारे नाम पर कर दी।

तुम्हे तो पता है, इस सम्पत्ति को पाने के लिए तेरे पिता को मार डाला था और तेरी सारी संपत्ति पाने के लिए अब तुझे मरना होगा।

तुम्हे मारने के लिए तुम्हारे 1 साल पुरे होने का इंतजार कर भी लेता परन्तु जब मुझे पता चला कि तुमने मेरी पत्नी एमेलिया को पागल कर मार डाला है, मैं अब 1 साल का पुरा होने का इंतजार और नहीं करूँगा क्योंकि मेरे पस न कोई भाई, न बेटा और न ही पत्नी जीवित रही। तुमने और तुम्हारे पिताजी ने मेरा सब कुछ छीन लिया ; मि. हेरिषण ने कहा।

'मैने और मेरे पिताजी ने आपका कुछ नही छीने है बल्कि आपकी धन की लालच ने आपका सब कुछ छिन लिया; ऑलिवर ने कहा।

इन सब बाते सुनकर मि. हेरिषण जोर-जोर चीखने और चिलाने लगते है।

तुम्हारा भाई, मैने नहीं सुना था कि तेरा कोई भाई भी था; ऑलिवर ने कहा।

डॉ0 जेम्स ही मेरा भाई था जिसे तुमने खाई में गिराकर मार डाला; मि. हेरिषण ने कहा।

हँसते हुए, जो दूसरों के लिए गढ़ढा खोदता है, वह उसी गढ़ढे पर जा गिरता है; ऑलिवर ने कहा।

परन्तु आज तुम इसी खाई में गिरकर मरोगे, तब मुझे शांति मिलगी; मि. हेरिषण ने कहा।

जब मि. हेरिषण अपनी बातों में खोया हुआ था, तब ऑलिवर ने मि. हेरिषण के पैरो को रस्सी में बाँधकर, उसे कार मे फँसा देता है और जैसे ही मि. हेरिसन कार मे बैठते है, ठीक उसी समय ऑलिवर ने जिस पत्थर से कार टीकी थी, उसे अपने पैरो से लात मार देता है जिससे कार खाई की ओर बढ़नी लगती है।

मि. हेरिषण बचने की पुरी कोशिश करने लगता है परन्तु जैसे-जैसे कार खाई की ओर बढ़ता है, वह वैसे-वैसे हँसने लगा।

बैचारा ऑलिवर, तुम सोच रहे हो कि तुम मुझे मार कर, तुम्हे बड़ी शांति मिलेगी, यह तुम्हारी बहुत बड़ी भुल है ऑलिवर; मि. हेरिषण ने कहा।

यह तुम्हारी सबसे बड़ी भुल है कि तुमने, मुझपर विश्वास किया और इसका अंजाम, तुम्हे पता है आज मेरे पिताजी को बहुत शांति मिलेगी; ऑलिवर ने कहा।

हँसते हुए, तुम सोंच रहे हो कि मैं ही तुम्हारे पिताजी का असली कातिल हूँ, नही, तुम्हारे पिता के असली कातिल कौन है? तुम कभी भी नही जान सकते हो; हेरिषण ने कहा।

नही, तुम झुठ बोल रहे हो, तुम ही मेरे पिताजी के असली कातिल हो; ऑलिवर ने कहा।

अब, मुझे मार कर, तुम्हे कोई फायदा नही होने वाला है, मुझे मारना तुम्हारी जीवन की सबसे बड़ी भुल हैं; मि. हेरिषण ने कहा।

ऑलिवर कार को पीछे से खूब रोकने की कोशिश करता है परन्तु वह ऐसी हालत में नहीं था कि वह कार को रोक सकता था।

ऑलिवर, मुझे बचा लो मै मरना नही चाहता हूँ मुझे जीना है; मि. हेरिषण ने कहा।

अब ऑलिवर, मि. हेरिषण को मरने नहीं देना चाहता था क्योंकि वह अपने पिता की असली कातिल को जानना चाहता था परन्तु कार की रफतार इतनी तेज हो गई कि ऑलिवर उस कार को रोक पाता, तब तक कार खाई में गिर चुकी थी।

ऑलिवर गुस्से से चिखता हुए कहता है, मै अपने पिताजी के असली कातिल को जान न सका। पिताजी मुझे माफ कर देना। फिर भी मैं पूरी कोशिश करूँगा कि मैं आपके असली कातिल तक पहुँच सँकु।

ऑलिवर जैसे-तैसे करके सड़क के किनारे पहुँचता है, वह गाड़ी रोकने का बहुत प्रयास करता है परन्तु किसी ने एक कार भी नही रोकी, रास्ते पर, पड़े-पड़े तीन घण्टे हो चुके थे तब जाकर किसी एक कारवाले ने कार रोकी।

अंकल, मुझे आपसे कोई मदद चाहिए थी; ऑलिवर ने कहा।

क्या?' ड्राइवर ने कहा।

मुझे आपकी फोन की जरूरत है क्या आप फोन पर बात करा सकते है?, मुझे अपनी होने वाली पत्नी से बात करवा दीजिये।

जरूर, ड्राईवर ने कहा।

ऑलिवर से तीन बार फोन पर बात करवाना चाहा परन्तु Mia (मिया) ने एक बार भी फोन रिसिव नही कि। फिर ऑलिवर ने कहा कृप्या कर, क्या आप मुझे अस्पताल पहुँचा देगें।

ड्राईवर बिना सवाल किये ऑलिवर को अस्पताल तक पहुँचा देता है। ऑलिवर अस्पताल में है, ये सारी बातें मिडिया में आग की तरह फैल गई, हर जगह इसी बात की चर्चा हो रही थी कि आखिर ऑलिवर को किसने

मारना चाहा वहीं दूसरी ओर मिया अब तक इस बात की भनक नही थी या फिर जान कर अनजान बनी हुई थी। अब ऑलिवर समझ नही आ रहा था कि सगाई से पहले तो सब कुछ ठीक था परन्तु सगाई के बाद ना जाने मिया को क्या हो गया था कि ऑलिवर से अलग-थलग रहने लगी।

ऑलिवर इन बातों के उलझन में खोया हुआ था कि अचानक क्वींसलैण्ड पुलिस उससे पूछताछ करने पहुँच जाती है। ऑलिवर आप से कुछ पूछताछ करनी है, यदि आपको कोई दिक्कत न हो; मि. ल्यूक ने कहा।

जरूर पुछ सकते है; ऑलिवर ने कहा।

यह घटना कैसे घटी और मि. हेरिषण ने आप पे हमला क्यों किया?' मि. ल्यूक ने कहा।

मै नही जानता हूँ कि मि. हेरिषण ने हमला क्यों किया परन्तु एक बात है, उनकी दिवालियापन के कारण, उन्होने यह कदम उठाया होगा; ऑलिवर ने कहा।

खुल कर बोलिये, आप कहना क्या चाहते है?' मि. ल्यूक ने कहा।

शायद मि. हेरिषण मेरे 200 मिलियन डॉलर के पीछे पड़ा हुआ था, जब उन्हें पता चला कि अब उसे कुछ हाँसिल नही होने वाला है, तब उन्होने अपना आपा खो दिया और इसी के चलते उन्होने, मुझे मार कर खाई मे गिराने कोशिश की।

क्या आप जो बोल रहे है क्या सभी बाते सच है या फिर कुछ और ही है?' मि. ल्यूक ने कहा।

मेरी ऐसी हालत देखकर आपको लगता है, मै झुठ बोल रहा हूँ; ऑलिवर ने कहा।

इन बातो को सुनकर पुलिस वहाँ से चली जाती है।

कुछ ही देर में, मिया आती है और आते ही, ऑलिवर से गले लगाकर रोते हुए कहती है, 'थैंक्स गॉड', आप ने मेरे प्यार को बचा ली, ना जाने किसकी नजर लग गई है।

आप ठीक हो ना; मिया ने कहा।

मिया एक बात बोलू, बुरा तो नही मानोगी, जब मैने तीन बार तुम्हें फोन किया परन्तु तुमने फोन क्यों नही उठाया; ऑलिवर ने कहा।

मैं वाशरूम में थी और मेरा फोन हमारे रूम में था इसलिए मुझे पता नही चला, अगले समय से इस बात का ख्याल रखूँगी; मिया ने कहा।

फिर भी तुम्हे फोन उठाना चाहिए था; ऑलिवर ने कहा।

क्या तुम मुझ पर शक कर रहे हो?' मिया ने कहा।

तुम क्या बोल रही हो, शक और तुम पे, मैं सोच भी नही सकता हूँ; ऑलिवर ने कहा।

तभी डॉक्टर की एक टीम, ऑलिवर कमरे में प्रवेश करते है, उन्होने कहा, आपकी रिपोर्ट आ गई है।

आपको एक महीने आराम करने की जरूरत है और एक बात बता दूँ आपको अभी कोई लेखन का कार्य नही करनी है; डॉक्टर ने कहा।

ठीक है, अभी में कुछ भी लिखने की कोशिश भी नही करूँगा ताकि सेहत पर कोई असर न पड़े; ऑलिवर ने कहा।

मिया, डॉक्टर से कहती है, आप चिंता मत करिये, मैं इन्हे बेड से उतरने भी नही दूँगी, मैं इनका दिन-रात सेवा करूँगी और एक महीने के अंदर इन्हें चुस्त-दुरूस्त करके ही रहूँगी।

ऑलिवर, मिया की बातो में खोया हुआ था तभी डॉक्टर कहता है, ऑलिवर, तुम्हारी होनी वाली पत्नी कितना प्यार तुमसे करती है, ऐसी पत्नी सभी को दे।

मैं देख रहा हूँ डॉक्टर, मैं सच में बहुत भाग्यशाली हूँ; ऑलिवर ने कहा।

ऑलिवर मिया के हाथों को अपने हाथों में लेकर, चुमते हुए कहता है, तुम कितनी अच्छी और सच्ची हो, तुम्हे पाकर जिन्दगी बहुत ही खुशीयों से भर गई है और तुम उस रोशनी की तरह हो, जहाँ दूर-दूर तक कोई अंधकार भटक भी नहीं सकता है।

मैं भी तुम्हारा जिंदगी भर साथ दूँगी क्योंकि मैने जीवन में मैने किसी से इतना प्यार नही किया है और मैं तुम्हें खोना नही चाहती हूँ; मिया ने कहा।

और कुछ बोलो ना, मैं ऐसी ही, तुम्हारी बातों को सुनना चाह रहा हूँ; ऑलिवर ने कहा।

मुझसे इतनी मीठी भरी बातें मत करो कहीं इतनी मीठी बातो से मुझे डाइबिटिक ना बना दे, कुछ बातें बचा कर रखो, काम आयेगें; मिया ने कहा।

ऑलिवर ने एक प्यारी हँसी के साथ मिया को गले लगा कर कहता है, अब मुझे एक महीने तक अस्पताल में रहने पड़ेगे इसलिए हो सके तो तुम मेरा लेपटॉप और कुछ किताबे पहुँचा देना।

अभी एक महीने, कोई नॉवेल लिखना नही है, अभी तुमको केवल आराम करनी है; मिया ने कहा।

यदि मैं कुछ नही लिखूगाँ तो, मुझे चैन नही मिलेगी, तुम्हे पता है ना, मुझे नॉवेल लिखना कितना पसंद है; ऑलिवर ने कहा।

पर तुम्हारी सेहत का क्या होगा?' मिया ने कहा।

मैं इसका पूरा ध्यान रखूँगा, मैं बस रोज आधे घण्टा केवल लिखूँगा और बाकी समय आराम करूँगा; ऑलिवर ने कहा।

ऑलिवर के जिद के आगे, मिया हार मान जाती है, अच्छा, मैं कुछ किताबें और तुम्हारा लेपटॉप पहुँचा दूँगी।

तुम कितनी अच्छी हो; ऑलिवर ने कहा।

ज्यादा अच्छे बनने की जरूरत नही है; मिया ने कहा।

वादे के मुताबित मिया, लेपटॉप और कुछ नॉवेल की किताबे ला देती है। घर में कोई नहीं रहने के कारण, ऑलिवर मिया से कहता है, मिया, मेरे घर और ऑफिस का ध्यान रखना। शुरू में मिया साफ मना कर देती है परन्तु बाद में मान जाती है।

सप्ताह बीत गये, परन्तु मिया ने एक बार भी ऑलिवर को फोन करके उनका हाल-चाल नहीं पूछा जो थोड़ी अजीब सी थी। लगता था मिया अपनी ही दूनिया में खोई हुई थी।

अब दो सप्ताह बितने को था फिर भी मिया का एक बार भी फोन नहीं आया। ऑलिवर को कुछ समझ नही आ रहा था कि मिया ऐसी अजब हरकते क्यों कर रही है।

अब ऑलिवर को मिया पर शक होने लगा था इसलिए ऑलिवर ने एक बड़े जासूस जस्टिन ली (Justin Lee) को, अपनी मंगेतर मिया की जासूसी करने को कहा।

ऑलिवर को अब लगने लगा कि वह अपनी दादीजी इला के सिवाय किसी भी व्यक्ति में अभी विश्वास नहीं कर सकता क्योंकि किसी में भी भरोसा नही रहा।

ऑलिवर को लगने लगा था कि सभी उनके 200 मिलियन डॉलर के पीछे पड़े है।

ऑलिवर रविवार रात को अपनी नॉवेल लिखने की शुरूआत करता है वैसे ही, अस्पताल की बिजली आती और कुछ देर बाद चली जाती। कुछ घण्टों तक यही सिलसिला चलता रहा, ऑलिवर इसकी शिकायत करता है परन्तु किसी ने भी फोन तक नही उठाया। ऑलिवर को लगा शायद स्टॉफ कहीं गया होगा।

बिजली की समस्या को देखते हुए ऑलिवर ने नॉवेल न लिखकर, उसने सोने का फैसला किया।

जब ऑलिवर सो रहा था, तभी जूते की आवाज सुनाई देती है ऑलिवर सतर्क हो जाता है, उसे लगता है कि उसके कमरें में कोई प्रवेश किया है, उस अनजान ने ऑलिवर को तकिये से दबाना शुरू कर दिया, ऑलिवर झटपटा रहा था, अभी उसमे इतना बल नहीं था कि वह उस अनजान शक्स से मुकाबला कर पाता। बस ऊपर वाला का साथ ही ऑलिवर को बचा सकता था।

ऑलिवर ने अपने अंतरात्मा से कहा कि, हे भगवान, यदि आपने आज साथ नहीं दिया तो, आज मेरी मृत्यु पक्की है, भगवान कुछ तो बचने का उपाय बताये।

ऑलिवर को याद आया कि नर्स 'मेरी' (Merry) ने मुझें बिना सुई लगाये चलीं गयी थी क्योंकि ऑलिवर ने उन्हें बाद में सुई देने को कहा था।

ऑलिवर ने थोड़ा हौसला के साथ, उस सुई को पकड़ कर, उस अनजान शक्स के गले पर सुई घुसा दीं वह चिल्लानें लगा और जिससे ऑलिवर की जान बच गई।

ऑलिवर ने तुरंत बजने वाली घण्टी बजा दी जिसके कारण ऑलिवर को मारने आया शक्स भाग जाता है।

अब ऑलिवर की सुरक्षा क्वीन्सलैण्ड के पुलिस के हाथों पर आ गया, अस्पताल को पुरी तरह से सुरक्षा घेरे में रखा जा रहा था क्योंकि इतने बड़े लेखक का जान का सवाल जो था।

उसी रात को क्वीन्सलैण्ड की पुलिस ने ऑलिवर से पुछताछ की।

कुछ ज्यादा ही आपके दुश्मन हो गए है; मि. ल्यूक ने कहा।

आजकल दूसरो से ज्यादा अपनो से सावधान रहने की जरूरत है, दुश्मन को पहचानना तो आसान है परन्तु अपनो में छुपे दुश्मन को पहचानना आसान नही होता है; ऑलिवर ने कहा।

ऑलिवर तुम चिंता मत करो, आपकी सुरक्षा के लिए, इस रूम के बाहर भी दो पुलिस अधिकारी रहेंगे; मि. ल्यूक ने कहा।

धन्यवाद, मि. ल्यूक, इसके लिए मैं आपका सदा अभारी रहूँगा; ऑलिवर ने कहा।

धन्यवाद की कोई जरूरत नही है, यह तो मेरी डियूटी है, अच्छा मुझे यहाँ से चलना होगा; मि. ल्यूक ने कहा।

इतनी जल्दी कहाँ जा रहें है; ऑलिवर ने कहा।

आपको हर चीज नहीं बता सकता हूँ, ये हमारे उसूलों के खिलाफ है; मि. ल्यूक ने कहा।

फिर भी, मिया के अंकल के नाते; ऑलिवर ने कहा।

अच्छा, मैं चलता हूँ, अभी मुझे CCTV कैमरे की कुटेज देखनी है, इससे तुम्हे मारने वाला व्यक्ति की कुछ सुराग मिल जाए।

जाकर जाँच करते है परन्तु उन्होने CCTV के सारे फुटेज को डिलिट कर देते है क्योंकि उन्हें पता था कि ऑलिवर को मारने आया व्यक्ति, कोई और नही, मिया का बॉयफ्रैण्ड पीटर (Peter) था।

अगले दिन सुबह।

क्या आपको पता चला मि. ल्यूक, मुझे मारने आया व्यक्ति कौन था?' ऑलिवर ने कहा।

उसका चेहरा की पहचान नहीं हो पाई है क्योंकि उसने अपना चेहरा में मास्क लगा रखी थी तुम चिंता मत करो, मैं उसे जल्द पकड़ लूँगा; मि. ल्यूक ने कहा।

आखिर वह कौन था जो मुझे मारना चाहता है मेरी तो किसी से जाति दुश्मनी नही है; ऑलिवर ने कहा।

अच्छा मैं चलता हूँ; मि. ल्यूक ने कहा।

मि. ल्यूक क्या आप मुझसे कुछ छुपा रहें है; ऑलिवर ने कहा।

क्यों आपको लगता है कि मैं आपसे कुछ छुपा रहा हूँ; मि ल्यूक ने कहा।

मैं आप से जब भी सवाल का जवाब माँगता हूँ, आप हर चीज को टालने की कोशिश करते है; ऑलिवर ने कहा।

मि. ल्यूक बिना सवाल के जवाब दिये चले जाते है। मि. ल्यूक पीटर को अनजान जगह पर मिलने के लिए बुलाते है।

मि. ल्यूक, पीटर का गला पकड़ कर कहते है कि यदि तुमने अगली बार ऐसी हरकत की तो मुझसे बुरा कोई नहीं होगा।

पर मैं क्या करूँ मैं मिया से बहुत प्यार करता हूँ, यदि कोई उसके करीब आयेगा तो, जरूर मारा जायेगा; पीटर ने कहा।

अभी ऊपर से 'बॉस' की इजाजत नही मिली है यदि बॉस को, तुम्हारे बारे में पता चला तो, तुम्हे अपनी जान से हाथ धोना पड़ेगा; मि. ल्यूक ने कहा।

मुझे कोई बॉस की नहीं सुननी है; पीटर ने कहा।

शांत हो जाओ पीटर, कुछ ज्यादा ही बोल रहे हो, तुम्हे पता है ना, बॉस का गुस्सा।

मै ऑलिवर को जिंदा नही देखना चाहता हूँ; पीटर ने कहा।

मुझे भी इसी दिन की उम्मीद है, सही वक्त आने दो, हमदोनो को ही एक दिन, ऑलिवर को मारने का मौका दिया जायेगा, उस दिन अपना गुस्सा दिखाना अभी अपना गुस्सा अपनी जेब मे रखो; मि. ल्यूक ने कहा।

आप सही कह रहे है, मैं अपना गुस्सा को, शांत करके रखूँगा और सही समय का इंतजार करूँगा; पीटर ने कहा।

वहीं दूसरी ओर, ऑलिवर का जासूस जस्टिन ली (Justin Lee) अपना काम कर रहा था, जासूस मिया की हरेक हरकत को नजर रख रहा था।

Oliver (ऑलिवर) के अस्पताल से छुट्टी होने से पहले, अपने जासूस 'जस्टिन ली' को अस्पताल में बुलाता है।

बताओ' जस्टिन ली', आपको मिया के बारे में कुछ भी सबुत मिले है; ऑलिवर ने कहा।

मुझे अभी तक कोई पुखता सबूत नहीं मिले है जिनसे साबित हो सके कि आपकी मंगेतर के किसी दूसरे मर्द से रिश्ते हैं; जस्टिन ली ने कहा।

मुझे शर्म आ रही है कि मैने मिया पर शक किया, मिया मुझे कभी धोखा नही दे रही है; ऑलिवर ने कहा।

सम्भालिये अपने आप को, जीवन में हम सभी से ऐसी गलतियाँ हो जाती है, हम सभी अनजाने में शक कर बैठते है; ली ने कहा।

आप सही कह रहें है, मि. ली; ऑलिवर ने कहा।

अच्छा ऑलिवर, मैं अभी चलता हूँ जब भी मेरी अपको याद आयेगी, मैं हाजिर हो जाऊँगा; ऑलिवर ने कहा।

अपना ख्याल रखियेगा; ली ने कहा।

जासूस जस्टिन ली, अस्पताल के बाहर निकलते ही अपने बॉस को फोन करता है।

बॉस, आपने जैसा कहा था, मैने सारा काम कर दिया है, अब किसी तरह का खतरा नही है; ली ने कहा।

तुम सभी लोगो पर ध्यान रखना, हरेक लोगो की एक-एक हरकत की सूचना देना; बॉस ने कहा।

बॉस फोन काट देते है और जासूस जस्टिन ली ऑलिवर के घर के सामने वाले घर में रहने लगता हैं

ऑलिवर को आँखिरकार, अस्पताल से छुट्टी मिल ही गई और पूरी तरह से स्वस्थ होकर ऑलिवर घर पहुँच चुका था और हर रोज की भाँति ऑलिवर अपना ऑफिस जाया करता था।

चूँकि ऑलिवर अकेले घर पर नही था, उसके साथ मिया भी रहती थी। इसलिए अब मिया भी ऑफिस जाया करती थी क्योंकि ऑलिवर जब अस्पताल में था तब मिया ही ऑलिवर का ऑफिस देखा करती थी।

एक दिन सुबह के नास्ते के समय मिया, ऑलिवर से कहती है, मैं कल से शायद यहाँ इस घर में न रहूँ, मुझे अब अपना घर जाना है।

ऑलिवर ने मिया से कहा और एक महीने रूक जाओ। मिया ने कहा, लोग क्या कहेंगे, अभी हम दोनो की शादी नही हुई।

क्या हुआ, कुछ ही दिनो की बात है, हम दोनों की शादी हो जायेगी; ऑलिवर ने कहा।

फिर भी, लोग इसे अच्छा नही समझेगें; मिया ने कहा।

लोग तो कहेगें ही, लोगों का काम है कहना; ऑलिवर ने कहा।

अच्छा, तुम्हारें लिए रूक जाती हूँ; मिया ने कहा।

ऑलिवर मुस्कुराते हुए मिया से कहता है, तुम्हे दिल से कहता हूँ, तुम मेरी जीवन का अहम हिस्सा हो, तुम मुझें कभी छोड़कर मत जाना, मैं तुमसे बहुत प्यार करता हूँ। दूसरी ओर मिया ने ऑलिवर से कहा, मैं तुम्हारी जिंदगी से कही नही जाने वाली हूँ, मैं सदा तुम्हारी दिल में रहूँगी और यह मेरा वादा है।

अब ऑलिवर को लगने लग रहा था कि उसकी जिंदगी में कोई परेशानियाँ नही है परन्तु परेशानियाँ तो अब आने वाली थी।

मिया ने अपने असली बॉयफ्रैण्ड पीटर से कहा, मुझे और कितने दिनों तक ऑलिवर की नकली मंगेतर बन कर रहना पड़ेगा, मुझे इस रिश्ते से घुटन हो रही है क्योंकि ऑलिवर मुझसे सच्चा प्यार करने लगा है।

तुम चिंता मत करो, मेरी जान, बस एक महीने की बात है उसके बाद ऑलिवर 30 साल का हो जायेगा, तब तुम अपना मंगेमर बनने का नाटक समाप्त कर देना।

एक तरफ मिया और उसका बॉयफ्रैण्ड पीटर मिलकर, ऑलिवर के खिलाफ साजिश रच रहे थे, वहीं दूसरी ओर बॉस और जासूस 'ली', मिया के खिलाफ साजिश रच रहे थे।

ली, अब हमलोगों को मिया की कोई जरूरत नहीं है तुम उसे रास्ते से हटा दो; बॉस ने कहा।

उसी रात मिस्टर ली ने मिया के कार का ब्रेक का तार काट देता है ताकि अगले दिन जब मिया अपने कार से ऑफिस जाए, तब कार का ब्रेकफेल हो जाए और मिया कार एक्सीडेन्ट में मारी जाए।

अगले दिन दोनो ऑफिस जाने के लिए अपने-अपने कार पर बैठ कर चले जाते है। मिया का कार, ऑलिवर के कार से आगे थी। तभी अचानक मिया के कार का ब्रेक फेल हो जाता है।

मिया तुरंत अपने पहले बॉयफ्रैण्ड को फोन लगाती है परन्तु पीटर फोन नही उठाता है, जब पीटर उसका फोन नहीं उठाता है तब मिया की और भी घबराहट बढ़ जाती है। उसे समझ नहीं आ रहा था, वह किसे फोन करे। कुछ देर बाद उसने, ऑलिवर को फोन लगाती है परन्तु ऑलिवर मिया का फोन उठा लेता है।

ऑलिवर, मैं मरना नही चाहती हूँ, मुझे बचा लो; मिया ने कहा।

तुम्हे हुआ क्या है?'ऑलिवर ने कहा।

कार का ब्रेकफेल हो गया है; मिया ने कहा।

कैसे भी अपनी कार को चलाती रहो; ऑलिवर ने कहा।

प्लीज, ऑलिवर मुझें बचा लो; मिया ने कहा।

हाँ, मैं तुमको कुछ होने नही दूँगा, मैं पहुँच रहा हूँ; ऑलिवर ने कहा।

ऑलिवर अपनी कार की गति तेज कर देता है, जिसके कारण उसने कई लोगो की कारो को धक्के मारते हुए, आगे निकलने की कोशिश करता है वहीं दूसरी ओर क्वीन्सलैण्ड पुलिस, ऑलिवर को, उसका कार को रोकने की आदेश देता है परन्तु ऑलिवर आज किसी ट्रेफिक नियम को कहाँ मानने वाला था।

कुछ ही मिनटो में ही ऑलिवर की कार, मिया के कार के सामने खड़ी कर देता है।

मुझे बचा लो ऑलिवर, मुझे बचा लो; मिया ने कहा।

जैसा मै कहता हूँ ठीक वैसा करो; ऑलिवर ने कहा।

बताओ मुझे क्या करना है, कूद जाऊँ; मिया ने कहा।

पागल हो, ऐसे करने से तुम्हारी नाक, कान और मूँह बराबर हो जायेगीं; ऑलिवर ने कहा।

तो फिर करूँ क्या?' मिया ने कहा।

सबसे पहले अपनी कार का दरवाजा खोलने का प्रयास करो; ऑलिवर ने कहा।

मिया रोते हुए, ऑलिवर से कहती है, मेरे से नही होगा। ऑलिवर एक बार फिर कहता है, कोशिश तो करो। मिया ने बहुत देर बाद, कार का दरवाजा खोल देती है।

ऑलिवर उस कार के दरवाजे से मिया तक पहुँच जाता है। मिया जोर से ऑलिवर को गले लगा लेती है, मानो उसे ऑलिवर से प्यार हो गया हो।

ऑलिवर ने मिया से कहा, तुम हौसला रखो, हम दोने की जान नहीं जाने वाली है। भगवान पर भरोसा रखों।

जब मैं तुमको कार से कुदने को कहूँगा तब कूद जाना; ऑलिवर ने कहा।

मुझसे नहीं होगा, मुझे डर लग रही है; मिया ने कहा।

तुम्हे मुझ पर विश्वास है ना; ऑलिवर ने कहा।

अब थोड़ा-थोड़ा होने लगा है; मिया ने कहा।

अब हमदोनो बचने वाले नहीं है क्योंकि आगे पूल है, जिसकी गहराई तुम जानते ही हो; मिया ने कहा।

यदि हमदोनो ने अभी नही कुदा तो, जान जानी पक्की है; ऑलिवर ने कहा और दोनो कार से कूद जाते है जिससे दोनो की जिंदगी बच जाती है दोनो लुढ़क कर एक बहती हुई नदी मे गिर जाते।

वही दूसरी ओर मिया के अंकल मि. ल्यूक को बॉस की खबर आती है कि मिया को रास्ते से हटा दो। मि. ल्यूक, मिया को मारने जंगल की ओर निकल जाते है।

मिया और ऑलिवर नदी से बहकर जंगल में पहुँच जाते है।

मिया, ऑलिवर को लगे लगाकर रोने लगती है, मुझे माफ कर दो, अब से ऐसी दुबारा गलती नहीं करूँगी।

तुम क्या कह रहीं हो?'ऑलिवर ने कहा।

बस मुझे रोने दो; मिया ने कहा।

बस, बहुत हुआ, अब रोना बंद करो; ऑलिवर ने कहा।

मिया चुप हो जाती है और ऑलिवर की बाँहो मे सो जाती है, ऑलिवर अपने मन में कहता है क्या रोमेंटिक नजारा है, आज भगवान ने पहली

बार मौका दिये है। मिया और ऑलिवर अपनी ही प्यार की दूनिया में खोये हुए है।

तभी अचानक गोली चलती है परन्तु मिया बच जाती है। ऑलिवर, मिया का हाथ पकड़कर भागता है, वही मिया के अंकल मि. ल्यूक भी उनके पीछे भागते है।

मि. ल्यूक (Mr Luke) दूसरी बार गोली चलाते है, एक बार फिर मिया बच जाती है।

मिया और ऑलिवर किसी तरह अपनी जान बचाकर भाग निकलते है।

एक बार फिर 'बॉस का फोन' मि. ल्यूक के पास आता है।

मि. ल्यूक किसी भी हालत मे, मिया बचकर निकलना नही चाहिए। यदि आज मिया बच गई तो हमलोगों के लिए खतरा बन सकती है क्योंकि 'बॉस'के बारे में काफी कुछ जानती है; बॉस ने कहा।

'बॉस' अभी मिया को मार नहीं सकता हूँ क्योंकि ऑलिवर भी उसके साथ है, मुझे एक सप्ताह का मौहलत दिजिये; मि. ल्यूक ने कहा।

नही, तुम्हे मैं एक सप्ताह का समय नही दे सकती हूँ तुम्हे किसी भी हालत में एक-दो दिनो में मिया को रास्ते से हटा दो; बॉस ने कहा।

बॉस में पूरी कोशिश करूँगा; मि. ल्यूक ने कहा।

बॉस यह कहकर फोन काट देते है और मि. ल्यूक अपना काम में लग जाते है।

मिया और ऑलिवर किसी तरह जंगल में रात बिताकर सुबह करते है और सीधे पुलिस स्टेशन पहुँच जाते है। मिया ने अपने अंकल मि. ल्यूक को बताया कि कोई मुझे और ऑलिवर को मारना चाहता है।

मि. ल्यूक कहते है, चिंता मत करो, मिया, मैं तुम्हे मरने नही दूँगा क्योंकि किसी में इतनी हिम्मत नही है कि कोई मेरी भतीजी को मारने की कोशिश करे।

मिया और ऑलिवर अपने घर, पुलिस सुरक्षा में पहुँत जाते है, मिया घर पहुँचते ही, ऑलिवर को थैंक्स कहती है।

आई लव यू ऑलिवर, तुमने मेरी दो बार जिंदगी बचाने के लिए; मिया ने कहा।

गले लगाकर ऑलिवर, मिया को कहता है, यह तो मेरा फर्ज था और कोई भी दूसरा होता, तब भी मै यही करता। उस रात मिया और ऑलिवर बहुत करीब आ जाते है।

अगले दिन सुबह मिया का बॉयफ्रैण्ड पीटर का फोन आता है। मैं तुमसे मिलना चाहता हूँ; पीटर ने कहा।

तुम मुझे भूल जाओ, मै अब ऑलिवर से सच्चा प्यार करने लगी हूँ; मिया ने कहा।

तुम्हारे कहने का क्या मतलब है क्या तुम मुझसे अब प्यार नही करती है?' पीटर ने कहा।

हाँ अब तुमसे प्यार नही करती हूँ, अच्छा होगा दुबारा यहाँ फोन मत करना, नही तो; मिया ने कहा।

नही तो क्या? क्या तुम मुझे धमकी दे रही हो; पीटर ने कहा।

हाँ, इसे धमकी ही समझ लेना; मिया ने कहा।

तुम अपनी औकात भूल गई हो; पीटर ने कहा।

तुम्हे पता है, मेरी औकात क्या है, मैं सबसे रईस आदमी की मंगेमर हूँ और तुम क्या हो?' मिया ने कहा।

पैसे देखते ही अपने रंग बदल लिये; पीटर ने कहा।

मिया फोन काट देती है, पीटर दुबारा फोन करता हैं।

मिया तुम मुझे धोखा नही दे सकती हो, मैं बोल रहा हूँ, मुझे तुमसे मिलना है;पीटर ने कहा।

ठीक है, दोनो पास के सेन्ट्ररल पार्क में मिलते है; मिया ने कहा।

पीटर, मिया एक दूसरे की बात मान लेते है, मिया जैसे ही सेन्ट्रल पार्क पहूँचती है, पीटर मिया का गला दबाने लगता है।

तुम्हे ऑलिवर को भूलना होगा, तुम्हे पता है ना, बॉस ने तुम्हें केवल उसके साथ प्रेम का नाटक करने को कहा गया है और सिर्फ और सिर्फ 30 वर्ष के होने तक; पीटर ने कहा।

मुझे सब मालूम है, तुमसे इसके बारे में जानने में कोई रूची नही है, मुझे अब सही-गलत की पहचान हो चुकी है;मिया ने कहा।

अच्छी बात है, तो चलो मेरे साथ, यहाँ से कही दूर चले जाते है; पीटर ने कहा।

तुम पागल हो गये हो; मिया ने कहा।

हाँ मैं तुम्हारे प्यार में पागल हो गया हूँ;पीटर ने कहा।

पीटर, मिया से बतमीजी करने लगता है, मिया पीटर को चेतावनी देती है, दुबारा ऐसी गलती करने की जरूरत मत करना क्योंकि मै ऑलिवर से प्यार करती हूँ और मरते दम तक करती रहूँगी, चाहे मेरी जान ही क्यों ना चली जाए।

गिड़गिराते हुए, तुम ऐसा नही कर सकती हो, तुम मुझसे प्यार करती हो; पीटर ने कहा।

मैं अब ऑलिवर से प्यार करने लगी हूँ, प्लीज मुझे भुल जाओ पीटर; मिया ने कहा।

आँखिर ऑलिवर मैं ऐसा क्या है जो मुझमे नहीं है; पीटर ने कहा।

ऑलिवर में ऐसा कुछ नहीं है, बस, ऑलिवर मुझसे बहुत ज्यादा प्रेम करता है।

कहावत है, जो तुम्हे चाहता है उसी से जीवन गुजरना चाहिए या फिर हमसफर बनाना चाहिए, न कि जिसे तुम चाहते हो; मिया ने कहा।

इसका अंजाम बहुत बुरा होगा। यदि ऑलिवर को पता चल जाए कि उसकी मंगेतर उसे धोखा दे रही है तब क्या होगा?' पीटर ने कहा।

चाहे ऑलिवर को पता चल जाए या फिर न चले, फिर भी मैं उसी को अपना होने वाला पति मान चुकी हूँ; मिया ने कहा।

मैं चलती हूँ, तुम मुझे दुबारा फोन करने की कोशिश मत करना और हमेशा के लिए भूल जाना और मिया चली जाती है।

पीटर गुस्से से तिलमिला जाता है और मिया के जाते वक्त कहता है, भूलना मत। मैं तुम दोनों की जिंदगी बर्बाद कर दूँगा। मैं नहीं छोड़ूँगा।

इधर मिया और ऑलिवर अपने जीवन में इतने खुश थे कि उन्हे आने वाली मुसिबत का पता भी नही था। उधर पीटर, मिया को मारने की प्लानिंग कर रहा था।

बेचारा ऑलिवर को पता भी नहीं था कि मिया की जान को खतरा है।

सोमवार सुबह, मिया और ऑलिवर अपने पार्क में सुबह का नास्ता कर रहे थे। तब मिया के अंकल मि. ल्यूक की सहायता से पीटर, बिना आवाज वाली गोली चलाता है। पहले दो गोली मिया को नही लगती है परन्तु जब पीटर तीसरी गोली मिया पर चलाता है तब ऑलिवर भाप लेता है कि कोई गोली चला रहा है क्योंकि पहले दो गोली से, पास के पेड़ के पत्तो में छेद हो गये थे।

तुरंत ऑलिवर, मिया को धक्का देकर जमीन पर गिरा देता है और मिया को बचाने के चक्कर में ऑलिवर को गोली लग जाती है, ऑलिवर के हाथों पर गोली लगती है जिससे मिया की जान बच जाती है।

ऑलिवर, तुम्हे कुछ नहीं होगा; मिया ने कहा।

ऑलिवर कहता है, मैं जानता हूँ और वह बेहोश हो जाता है, मिया जोर-जोर से चिल्लाने लगती है, मिया तुरंत अपने अंकल मि. ल्यूक को फोन लगाती है।

अंकल किसी ने ऑलिवर पर गोली चलाई है, आप जल्दी पहुँचिये; मिया ने कहा।

क्या? मैं पहुँच रहा हूँ; मि. ल्यूक ने कहा।

मि. ल्यूक, पीटर को फोन करके कहते है कि 'बॉस' का आदेश है, तुम कुछ दिनों के लिए अंडर ग्राउण्ड हो जाओ और एक बात बता दूँ, यह तुम्हारी आँखरी गलती है यदि तुमने ऑलिवर को कोई नुकसान पहुँचाने की कोशिश की तो, इसका अंजाम बुरा होगा।

मुझे मिया को मारने को कहा गया था परन्तु दूसरी बार भी ऑलिवर ने मिया को बचा लिया; पीटर ने कहा।

अगली बार ऐसी गलती करने से पहले, समझ लेना कि इसका परिणाम क्या होगा; मि. ल्यूक ने कहा।

अगली बार ऐसी दुबारा गलती नही करूँगा; पीटर ने कहा।

मि. ल्यूक तुरंत एंबूलेंस के साथ, ऑलिवर के घर पहुँच जाते है, ऑलिवर को सिटि हॉस्पीटल में भर्ती कराया जाता है जहाँ ऑलिवर के हाथों का सफल ऑपरेशन हो जाता है। अब ऑलिवर खतरे से बाहर था।

कैसे हो ऑलिवर?' मि. ल्यूक ने कहा।

अंकल मैं ठीक हूँ; ऑलिवर ने कहा।

क्या आपको पता चला कि मुझे गोली मारने वाला कौन था?' ऑलिवर ने कहा।

हमलोग अभी पता कर रहे कि इसके पीछे कौन है; मि. ल्यूक ने कहा।

हमारी लोगों से क्या दुश्मनी है, जो सभी लोग मेरे और मिया के पीछे पड़े हुए है; ऑलिवर ने कहा।

हौसला रखो ऑलिवर, सब ठीक हो जायेगा; मि. ल्यूक ने कहा।

हाँ अंकल, प्लीज कुछ किजिये; मिया ने कहा।

मिया, तुम इसकी चिंता मत करो' तुम दोनो की सुरक्षा अब मेरी जिम्मेदारी है; मि. ल्यूक ने कहा।

मिया और ऑलिवर इस बात के लिए मि. ल्यूक को 'थैंक क्यु' बोलते है। मि. ल्यूक कहते है यह तो मेरा फर्ज है, तुम दोनो के लिए अपना प्यार हमेशा रहेगा।

मि. ल्यूक कहते है, तुम्हें पता है, पहली बार जब मिया की कार की ब्रेकफेल हुआ था, तब भी ऑलिवर तुमने ही अपनी जान की बाजी लगाकर मिया की जान बचाई थी, दुसरी बार, जंगल में और तीसरी बार इस समय।

आप कहना क्या चाहते है?' ऑलिवर ने कहा।

मैं कहना चाहता हूँ कि तुम कितनी बार अपनी जान को दाव पे लगाकर मिया को बचाओगे; मि. ल्यूक ने कहा।

चाहे कितनी भी मुसिबत मिया पर आ जाये, मैं इसी तरह मिया की रक्षा करूँगा; ऑलिवर ने कहा।

तुम समझ नही रहे हो, मै क्या कहना चाहता हूँ; मि. ल्यूक ने कहा।

आप क्या समझाना चाहते है?' ऑलिवर ने कहा।

ऑलिवर, तुम इस देश के जाने-माने लेखक हो और तुम पर इतने सारे हमले के कारण देश भर में हमारी पुलिसो की निंदा हों रही है, हमारी पुलिस एक लेखक को सुरक्षा नही दे पा रहे है; मि. ल्यूक ने कहा।

आप ऐसा क्यों बोल रहे है, आप जैसे पुलिस के चलते तो, मैं अभी तक जिंदा हूँ; ऑलिवर ने कहा।

तुम मेरा मन रखने के लिये यह सब बोल रहे हो, तुम्हे पता है, हम सभी पुलिस विभाग तो, पहले से ही आपमान सह रहे है कि तुम्हारे पिता स्व. थॉमस, जो कि इस क्वीन्सलैण्ड के मशहूर लेखक की हत्या के पीछे किसका हाथ है, अबतक कोई सबूत नही मिला है इसके पीछे एक आदमी का हाथ है या फिर बहुत सारे लोगों का हाथ है; मि. ल्यूक ने कहा।

आप अपने आपको इसका दोषी ना समझे, मैं जानता हूँ कि आपने अपना काम सही तरीके से किया है; ऑलिवर ने कहा।

थैंक क्यू ऑलिवर, मुझे समझने के लिए; मि. ल्यूक ने कहा।

इट्स ओके अंकल; ऑलिवर ने कहा।

एक बात बोलूँ बूरा तो नही मानोगे; मि. ल्यूक ने कहा।

क्या?' ऑलिवर ने कहा।

जबतक खतरा टल नहीं जाता, मिया मेरे साथ रहेगी; मि. ल्यूक ने कहा।

नही अंकल, मैं ऑलिवर को इस हालत में अकेला नही छोड़ सकती हूँ; मिया ने कहा।

मिया, तुम समझ नहीं रही हो; मि. ल्यूक ने कहा।

अंकल, मिया ठीक कह रही है, मैं मिया को अकेला नही छोड़ सकता हूँ; ऑलिवर ने कहा।

तुम दोनो समझ नही रहे हो, आँखिर तुम दोनो का सुरक्षा का सवाल है; मि. ल्युक ने कहा।

मैं क्वीन्सलैण्ड की सरकार से कहुँगा कि हमारे घरो की सुरक्षा में और पुलिसों का पहरा पर लगा दे; ऑलिवर ने कहा।

मै इससे सहमत नहीं हूँ; मि. ल्यूक ने कहा।

क्यों आप सहमत नही है?' ऑलिवर ने कहा।

देखो ऑलिवर, कुछ समय के लिए मेरी भतीजी मिया मेरे घर पर ही रहेगी उसे वहाँ कोई खतरा भी नही है, क्योंकि मे जिस पुलिस क्वाटर में रहता हूँ वहाँ बहुत सारे पुलिस भी रहा करते है, मिया मेरे साथ बहुत ही सुरक्षित महसूस करेगी; मि. ल्यूक ने कहा।

जैसा ठीक समझे मि. ल्यूक; ऑलिवर ने कहा।

सैतानी मुस्कान के साथ, ऑलिवर को गले लगाकर कहते है, अच्छा ऑलिवर अपना ख्याल रखना।

आप दोनो भी; ऑलिवर ने कहा।

कुछ दिनो तक, हमदोनो का अलग रहना ही अच्छा होगा, शायद भगवान की यही मर्जी हो, ऑलिवर थोड़ा उदास था क्योंकि उसे मिया के बिना कुछ दिनो के लिए अलग रहना सीखना होगा।

मिया अपने अंकल मि. ल्यूक के यहाँ चली जाती है। इधर ऑलिवर अकेला रह जाता है।

ऑलिवर को पता भी नही है कि मि. ल्यूक, पीटर और जासूस जस्टिन ली सभी मिले हुए और इन्ही तीनों ने मिलकर मिया को मारने का प्रयास कर रहे है।

ऑलिवर और मिया को पता भी नहीं है कि दोनो की जिंदगी कब तक बची हुई है।

इधर ऑलिवर अस्पताल पर था, उधर मिया के अंकल अपने 'बॉस' से बाते कर रहा था कि मिया को रास्ते से कैसे हटाना है।

धीरे से बात करो नही तो मिया सुन लेगी; बॉस ने कहा।

बॉस, चिंता मत करिये मिया सो रही है; मि. ल्यूक ने कहा।

परन्तु मिया सो नही रही थी, वह अपने अंकल ल्यूक की सभी बाते सुन रही थी।

मि. ल्यूक, मिया को देख लेते है और सभी बाते जान चुकी है।

मिया तुरंत अपना दरवाजा बंद कर लेती है और घबराते हुए ऑलिवर को फोन लगाती है, परन्तु फोन कोई नही उठाता है क्योंकि ऑलिवर सो रहा था और उसका फोन साइलेन्ट मोड पर था।

मिया ने कहा - भगवान के लिए, ऑलिवर फोन उठा लो, प्लीज।

मि. ल्यूक ने कहा, मिया बेटा, दरवाजा तो खेलो, तुम्हे मुझसे कोई खतरा नही है। मैं तुम्हारा अंकल हूँ, माफ करना तेरा सौतेला पिता हूँ। मुझे पता नही था कि एक दिन तुम इतना काम आयेगी।

मैं नही खोलूँगी दरवाजा; मिया ने कहा।

खोल दो मिया, मैं तुम्हारा पिता बोल रहा हूँ, खोल भी दो, मुझसे क्या डरना; मि. ल्यूक ने कहा।

मिया जोर-जोर से रोना चाह रही थी परन्तु डर के कारण रो भी नहीं पा रही थी। मिया दुबारा ऑलिवर को फोन लगाती है। पर इस बार लग जाती है।

रोते हुए, ऑलिवर मुझे बचा लो; मिया ने कहा।

क्या हुआ?'ऑलिवर ने कहा।

मि. ल्यूक फोन का तार काट देते है और मिया और ऑलिवर का सम्पर्क टुट जाता है।

मिया क्या हुआ परन्तु कोई जवाब मिल नही रहा था, ऑलिवर चौकंना हो जाता है। ऑलिवर को लगता है कुछ तो मिया को हुआ है जो इतनी डरी हुई है।

डॉक्टर क्या मैं यहाँ से छुट्टी ले सकता हूँ; ऑलिवर ने कहा।

हाँ, अब आप पुरी तरह से ठीक है, आप जा सकते है; डॉक्टर ने कहा।

मि. ल्यूक, मिया के रूम का दरवाजा तोड़ने का प्रयास करते है, मिया रूम के सभी लाईटे बंद करके, छिपने का प्रयास करती है। वही मिया के अंकल आँखिर, दरवाजा तोड़कर रूम में प्रवेश कर ही जाते है।

कहाँ हो, मेरी प्यारी बेटी, नहीं-नहीं सौतेली बेटी, बाहर निकल भी जाऊ तुम्हें अपने पिता से नही मिलना है; मि . ल्यूक ने कहा।

मिया अलमारी के पीछे धीरे-धीरे रो रही थी।

मत रो मेरी प्यारी बेटी, मत रो, मैं ऐसा रोते हुए तुमको देख नहीं सकता हूँ; मि. ल्यूक ने कहा।

आप ऐसा क्यों कर रहें, प्लीज मुझे छोड़ दिजिये, मुझें जान से मत मारिये; मिया ने कहा।

चलो, आज, तुम्हारी मौत से पहले, कुछ बता देना चाहता हूँ; मि. ल्यूक ने कहा।

तो सुनो, मैं भी एक समय में लेखक था और अपना घर, छोटे-मोटे आर्टिकल को छपवाकर थोड़ा पैसा कमाता था, उस समय मि. थॉमस स्मिथ मेरा करीबी दोस्त रहा करता था; मि. ल्यूक ने कहा।

यानी ऑलिवर के पिता आपके दोस्त?' मिया ने कहा।

हाँ, मेरी प्यारी बेटी, थॉमस स्मिथ कुछ सालों में ही एक जाना-माना लेखक बन गया था और तुम्हारा सौतेला पिता वहीं का वहीं रह गया। मैंने भी एक सफल लेखक बनना चाहता था परन्तु मुझे ड्रग्स की लत लग गई थी, जो मेरे दोस्त थॉमस स्मिथ को भी पता था।

मेरी इस लत के कारण, मुझे एक मैग्जीन कंपनी ने नौकरी से बाहर कर दिया, अब मेरे पास कोई काम नही थे। अब मेरा एक मात्र सहारा मेरा दोस्त थॉमस स्मिथ ही थी।

मैने थॉमस स्मिथ से कहा यार, मुझे एक नौकरी चाहिए, मेरे दोस्त ने साफ मना कर दिया यह कहकर कि मैं अपनी कंपनी का कोई बदनामी

नहीं चहता हूँ कि मेरे यहाँ काम करने वाला, मेरा ही दोस्त को ड्रग्स की लत है।

मेरे दोस्त थॉमस ने मुझे 10 हजार डॉलर देकर कहा कि इससे तुम कोई बिजनेस शुरू कर लेना।

मैंने पैसे लेने से मना कर दिया और वहाँ से चला आया और शीधे ही एक पब में चला गया, जहाँ तेरी माँ 'जुली' से मुलाकात हुई, उसे भी ड्रग्स लेने की थोड़ी लत थी।

कुछ दिनों तक हमदोनो का मिलना जुलना रहा, आँखिर एक बच्ची की माँ से शादी इसलिए की क्योंकि तुम्हारी माँ बहुत अमीर महिला थी।

मुझे लगा इसके पैसो से जिंदगी आसानी से कट जायेगी परन्तु शादी के बाद ऐसा नही हुआ।

तुम्हारी माँ 'जुली', मुझे नौकरो की तरह बर्ताव करती थी, मुझे अच्छा नही लगता था।

कुछ, दिनों बाद मैंने 'रीहेब सेन्टर' में रहकर अपनी ड्रग्स की आदत छुडा ली।

मैं अब किसी के पैसे से अपनी जिंदगी नही काट सकता था, इसलिए मैने; स्टेट लाईब्रेरी ऑफ क्वीन्सलैण्ड में एक बतौर कर्मचारी के रूप में नौकरी करने लगा।

मेरी हालत तो ठीक थी परन्तु तुम्हारी माँ जुली की स्थिति, ड्रग्स लेने की लत के कारण बहुत खराब हो चुकी थी, मैं चाहता था कि तुम्हारी माँ भी एक दिन इस लत से निकल जायेगी परन्तु ऐसा नही हुआ।

उसने अपनी सारी संपति, ड्रग्स लेने के चक्कर खत्म कर डाली और दिवालिया हो गई।

पैसे खत्म होने के कारण, तुम्हारी माँ मुझपर निर्भर रहने लगी, जब मैं पैसे देने से मना करता तो मुझसे झगड़ा करती।

एक दिन तुम्हारी माँ की हरकत से दंग रह गया, तुम्हारी माँ ने पुलिस थाने में झुठी रिपोर्ट लिखवायी, जिसमे कहा गया कि ल्यूक मुझे मारतें है।

पुलिस ने मुझे एक सप्ताह के लिए जेल में डाल दिया और एक सप्ताह बाद, मुझे छोड़ देती है, मैं दुबारा से स्टेट लाईब्रेरी ऑफ क्वीन्सलैण्ड में काम करने लगा।

अब फिर से वहीं ड्रामा, रोज तुम्हारी माँ मुझसे झगड़ा करती और पैसों की डिमांड करती है परन्तु मैंने कई दिनो तक पैसे नहीं दिए।

एक दिन, तुम्हारी माँ ने मुझसे अपने बुरे बर्बाद के लिए माफी माँगती है।

मुझे माँफ कर दो, मैं दुबारा तुमसे झगड़ा नही करूँगी और पैसे भी नहीं माँगुंगी; जुली ने कहा।

ठीक है जुली, यदि तुम ड्रग्स नही लेती तो, आज हमारा परिवार बहुत ही खुशहाल होता; मैने कहा।

इस बात कर पूरा ख्याल रखुँगी कि मैं ड्रग्स नही लूँगी; जुली ने कहा।

ये लो कुछ पैसे, बाजार से कुछ खाने की सामान ले लाना और मिया और तुम्हारे लिए कुछ कपड़े खरीद लेना; मैनें कहा।

मैने तुम्हारी माँ को 300 डॉलर देता हूँ कि तुम इसका गलत इस्तेमाल नहीं करोगी परन्तु तुम्हारी माँ ने सारे पैसे से ड्रग्स तो ली और ड्रग्स लेकर तुम्हारी माँ गाड़ी चला रही थी जिसकें कारण उसकी कार दुर्घटना में मृत्यु हो जाती क्योंकि ड्रग्स की नशा में होश में नही थी।

अब मेरे ऊपर तुम्हारी सारी जिम्मेदारी आ जाती है, मेरे पास इतने पैसे नही थे कि मैं तुम्हारा पालन पोषण सही तरीके नही कर सकता था।

एक दिन मुझे एक अपरिचित का फोन आता है और मेरी सारी जिंदगी ही बदल जाती है।

उस अनजान आदमी की सारी बाते मान ली जिसे हम सभी 'बॉस' कहते है।

मै जानता था कि ऑलिवर के पिता थॉमस स्मिथ सप्ताह में एक बार जरूर, स्टेट लाइब्रेरी में पढ़ने आते या फिर लाइब्रेरी में आकर नॉवेल लिखते। इनका रोज का सिलसिला इसी तरह चलता रहता और मैं, थॉमस स्मिथ का सारी गतिविधियाँ की जानकारियाँ रखता और इन सारी जानकारियों को अपने 'बॉस' को देता।

इसके लिए मुझे, बड़ी मोटी रकम मिलती थी और मैने ही ऑलिवर के पिता को मरवाने में बहुत मदद की थी और थॉमस स्मिथ के मरने के पश्चात, किसी को शक न हो, मैने लूकस नाम को बदल कर ल्यूक नाम कर लिया और 'बॉस' की सहायता से मैं पुलिस में भर्ती हो गया।

ये सभी बातें बताने में मि. ल्यूक को पता नहीं चलता है कि रात के अँधेरे का फायदा उठाकर मिया भाग गई है।

मि. ल्यूक खुब छानबीन करता है, परन्तु आँखिर मिया भागते हुए दिख ही जाती है। मि. ल्यूक, मिया को रूकने को कहता है परन्तु मिया रूकती नहीं है।

मि. ल्यूक गोली चला देता है और गोली मिया के शरीर के आर-पार हो जाती है, मिया उसी जगह हमेशा-हमेशा के लिए सो जाती है।

परन्तु ऑलिवर जब तक वहाँ पहुँचता तब तक बहुत देर हो चुकी थी।

ऑलिवर दौड़कर मि. ल्यूक के घर में घुसता है परन्तु मिया उसे नहीं मिलती है।

ऑलिवर कहता है, मिया तुम कहाँ हो, मैं तुम्हे कुछ नहीं होने दूँगा। ऑलिवर मिया के कमरे में जाकर ढूँढता है परन्तु मिया कही भी नजर नहीं आ रही थी वहीं दूसरी तरफ मि. ल्यूक का भी कोई पता नहीं था।

जब ऑलिवर, ल्यूक के घर के बहुत दुर, मिया को ढूँढते हुए निकला, तो देखा मिया रास्ते पर गिरी पड़ी है जब ऑलिवर ने देखा मिया मर चुकी है, ऑलिवर जोर-जोर से चिलाने और रोने लगा और कहा, मिया तुम मुझे छुड़कर नही जा सकती हो, मुझे छोड़कर मत जाओ क्योंकि अब मेरी जिंदगी में कोई नही हैं, मै कैसे अकेला रहुँगा।

ल्यूक रोते हुए, बस बेटा बस, अब मैं तुम्हारे साथ हूँ; मि. ल्यूक ने कहा।

ऑलिवर मि. ल्यूक के गले लगकर खुब रोता है।

देखिये अंकल, मिया को क्या हो गया है, मैं भी इस दूनिया में रहना नहीं चाहता हूँ, मै भी मर जाना चाहता हूँ; ऑलिवर ने कहा।

चुप हो जाओ ऑलिवर, होनी को कौन टाल सकता है; मि. ल्यूक ने कहा।

मि. ल्यूक मुस्कान भरी आँसू बहाते हुए कहता है, मैने मिया को बचाने की खुब कोशिश की परन्तु उस हत्यारे ने मिया को गोली मारकर भाग गया।

मैने बहुत दुर उसका पिछा भी किया परन्तु पकड़ नही सका।

अगले दिन सुबह मिया को रिति-रिवाज से मिया की लाश को दफना देते है। उसी दिन ऑलिवर की दादी 'इला स्मिथ' का अपने देश ऑस्ट्रेलिया में वापसी होती है।

दरवाजे की घण्टी बजने की आवाज आती है, ऑलिवर दौड़कर दरवाजा खोलता है, जैसे ही दरवाजा खोलता है, उसकी दादी 'इला' खड़ी होती है, वह जोर से गले लगा लेता है।

दादीजी आप?' ऑलिवर ने कहा।

क्या मैं यहाँ नही आ सकती हूँ?' इला ने कहा।

ठीक हुआ दादीजी, आप आ गई, मैं तो मिया के मरने के बाद टुट गया हूँ; ऑलिवर ने कहा।

चिंता मत करो बेटा, सब ठीक हो जायेगा, मुझे जब मिया के मौत की खबर न्यूज में देखी, मेरा से रहा नहीं गया, मैं दौड़े चली आयी; इला ने कहा।

दादीजी अंदर चलिये, आपको कुछ बताना है; ऑलिवर ने कहा।

क्या?' इला ने कहा।

आपको पता है, मेरे पिताजी के हत्यारे कौन थे? आपकी बहु एमेलिया और उसका आशिक मि. हेरिषण।

तुम क्या बोल रहे हो, मेरी बहु एमेलिया, मैं तो सोच भी नही सकती हूँ कि एमेलिया मेरे बेटे की हत्यारी थी; इला ने कहा।

मैं भी उसके बारें में सुना तो होश उड़ गए; ऑलिवर ने कहा।

ना जाने मेरे घर को किसकी नजर लग गई है; इला ने कहा।

दादी जी, मेरे पिताजी के इतने सारे दुश्मन कैसे बन गए, आँखिर मेरे पिताजी को मारकर किसी को क्या फायदा हो सकता है; ऑलिवर ने कहा।

आज तक मुझे भी पता नही है कि तुम्हारे पिताजी की मौत का क्या कारण है; इला ने कहा।

मै भी जानना चाहता हूँ कि इसके पीछे क्या राज है?' ऑलिवर ने कहा।

मैं यहाँ अब आ गई हूँ तुम्हारी चिंता अब मेरी है, सब ठीक हो जायेगा; इला ने कहा।

ऑलिवर बड़ा खुश है कि उसकी दादी के आने से वह कुछ हद तक मिया की मौत का गम को भूल सकता था।

अगले एक सप्ताह बाद ऑलिवर 30 साल का होने वाला था। इला चाहती है कि ऑलिवर के 30 साल पूरा होने पर, एक बड़ी पार्टी दी जाए परन्तु ऑलिवर जन्मदिन की पार्टी नही बनाना चाहता था।

दादी मुझें कोई पार्टी नही करनी है; ऑलिवर ने कहा।

पर बेटा क्यो?' इला ने कहा।

अभी तो दादी, मिया के मरे कुछ ही दिन हुए है और मैं कैसे अपना 30 वाँ जन्मदिन बना लूँ; ऑलिवर ने कहा।

चहती हूँ, तुम अतीत को भूलकर अपने आने वाले भविष्य के बारे मे सोचों और मै चाहती हूँ तुम अपना आने वाला जन्मदिन धुमधाम से बनाओं और बस यही कामना है; इला ने कहा।

अच्छा दादी, जैसे आप ठीक समझे; ऑलिवर ने कहा।

बेटा, अब मुस्कुरा भी दो, ऐसी उदासी चेहरे मे ठीक नही; इला ने कहा।

ऑलिवर मुस्कुरा देता है, इला भी बहुत खुश हो जाती है। आँखिर दादी के जिद्द के कारण ऑलिवर अपने जन्मदिन बनाने के लिए मान जाता है।

इला पूरी मिडिया और अखबारों वालो को खबर दे देती है कि हमारे पोते मि. ऑलिवर की जन्मदिन बड़े धुमधाम से मनाया जायेगा। यह खबर पूरी मिडिया की ब्रेकिंग न्यूज बन जाती है।

ऑलिवर के जन्मदिन के एक सप्ताह पूर्व, ऑलिवर के पिताजी के, सबसे करीबी वकील रॉबर्ट आते है।

ऑलिवर, तुम्हारे पिताजी ने, मरने से पूर्व 200 मीलियन डॉलर की संपत्ति तुम्हारे नाम कर रखी थी, बस, तुम्हारे कुछ जगहो पर हस्ताक्षर चाहिए ताकि आपके इस कागजात को कोर्ट में जमा करते ही, तुम्हारे 30 साल के पुरे होते ही, तुम 200 मीलियन डॉलर के संपत्ति के मालिक बन जाओगे; रॉबर्ट ने कहा।

सॉरी अंकल, मैं बिना पढ़े, इस कागजात पर हस्ताक्षर नही कर सकता हूँ, मुझे एक दिन का समय दिजिये ताकि मै इसे अच्छी तरह से पढ़ सँकू; ऑलिवर ने कहा।

पर ऑलिवर, तुम्हारा इस कागजात पर हस्ताक्षर करना जरूरी है; रॉबर्ट ने कहा।

सॉरी अंकल, मैं इस कागजात पर हस्ताक्षर नही कर सकता हूँ; ऑलिवर ने कहा।

मैं कितनी बैवकूफ हूँ कि दो लोगों के बीच के जरूरी कामों मे टाँग अडाने आ गई हूँ, सॉरी, मै चलती हूँ यहाँ से; इला ने कहा।

दादी आप ठीक समय पर आई हो, आपसे कुछ सलाह लेनी है; ऑलिवर ने कहा।

किस बात पर सलाह?'इला ने कहा।

दादी, आपसे क्या बात छुपानी, मेरे पिताजी ने 200 मीलियन डॉलर की संपत्ति मेरे नाम, बचपन में कर दी थी, वकील अंकल इसी बात को लेकर यहाँ आये है और मुझे इस कागजात पर हस्ताक्षर करने को बोल रहे है; ऑलिवर ने कहा।

बेटा, इसमें दिक्कत क्या है?' इला ने कहा।

बिना पढ़े, कैसे कर दूँ?' ऑलिवर ने कहा।

बेटा, ऑबर्ट हमारे सबसे विश्वासी वकील हैं, जैसे बोल रहें है, वैसा करो; इला ने कहा।

ठीक है दादी, मैं इस कागजात पर हस्ताक्षर कर देता हूँ, वैसे मेरे बाद, मेरी संपत्ति की मालकिन तो आप ही हो; ऑलिवर ने कहा।

ऑलिवर बेटा, मैं काफी बूढ़ी हो चुकी हूँ और कुछ सालो मे मर ही जाऊँगी।मुझे कोई लालच नही है, तुम ही इस संपत्ति के असली मालिक हो; इला ने कहा।

मरे तेरे दुश्मन, आपको अभी और सौ साल जीने है और आप दुनिया की सबसे अच्छी दादी हो; ऑलिवर ने कहा।

तुम भी अपने पिताजी के तरह अपनी बातो से लोगो के दिल जीत लेते हो; इला ने कहा।

यह सब आपके दिये गये संस्कार का नतीजा है; ऑलिवर ने कहा।

आ जा बेटा, लगे लग जा; इला ने कहा।

ऑलिवर तुरंत अपने दादी के गले लग जाता है।

आप दोनो का इस तरह प्यार देखकर रोना आ रहा है; रॉबर्ट ने कहा।

ऑलिवर और इला हँसने लगते है और ऑलिवर कहता है, रॉबर्ट अंकल इसी को परिवार कहते हैं। जहाँ सुख और दुख में एक साथ खड़े रहते हैं।

अच्छा दादी, मैं ऑफिस चलता हूँ, मुझे कुछ काम है; ऑलिवर ने कहा।

जल्दी घर आना मुझे आज शाम कहीं जाना है; इला ने कहा।

ठीक है दादी मैं जल्दी आ जाऊँगा; ऑलिवर ने कहा।

शाम होती है और ऑलिवर ऑफिस से घर आ जाता है।

दादी आप कहाँ हो, मैं आपको जहाँ जाना है वहाँ छोड़ देता हूँ; ऑलिवर ने कहा।

इसकी चिंता तुम मत करो, तुम घर पर आराम करो तुम्हे इतनी भाग-दौड़ करने की कोई जरूरत नही है; इला ने कहा।

पर दादी; ऑलिवर ने कहा।

चुपचाप घर पर रहो, यह कहकर इला किसी फार्म हॉउस में, रॉबर्ट से मिलने जाती है।

आओ इला, आओ तुम्हारा ही इतजार कर रहा था; रॉबर्ट ने कहा।

मुझे भी, इसी वक्त का इंतजार था, मेरे प्यारे रॉबर्ट; इला ने कहा।

इला और रॉबर्ट जोर-जोर से हँसने लगते हैं।

ओ डार्लिंग, यदि तुम, ऑलिवर के वासीयतनामा पर हस्ताक्षर करने वक्त, सही समय पर नहीं आती तो, हमारा सारा खेल समाप्त हो जाता है। रॉबर्ट ने कहा।

वेल डन, रॉबर्ट मेरी जान, आपने वाकई बहुत ही चालाकी से ऑलिवर को अपनी ही आत्महत्या वाले कागजात पर हस्ताक्षर करवा दिया; इला ने कहा।

तुम भी बहुत ही पहुँची हुई खिलाड़ी हो, यदि तुम सही समय पर नही आज आती तो, ऑलिवर उस कागजात पर हस्ताक्षर नही करता; रॉबर्ट ने कहा।

तुमने सही कहा; इला ने कहा।

आज मैं बहुत खुश हूँ तुम जो मुझसे माँगोगे, मैं उसे जरूर पुरा करूँगी; इला ने कहा।

चले, स्पेन दूसरी हनीमून बनाने ; रॉबर्ट ने कहा।

चिंता मत करो, उस समय का मुझे भी इंतेजार है मेरे पति; इला ने कहा।

दिश इज नॉट फेयर; राबर्ट ने कहा।

एक बार ऑलिवर की संपत्ति हमारे हाथ आ जाये, उसके बाद हमदोनो की, किसी चीज की चिंता नहीं रहेगी; इला ने कहा।

तुम तो मेरे पीटर के बारे में जानती ही हो, तुम्हे बिल्कुल भी पसंद नहीं करता है, कहीं हमलोगों की राज का खुलासा न कर दे; राबर्ट न कहा।

यदि ऐसी नौबत आ भी गई तो क्या हुआ, पीटर को भी रास्ते से हटा देगें; इला ने कहा।

इला पर, पीटर मेरा बेटा है। मैं ऐसा नहीं कर सकता हूँ; रॉबर्ट ने कहा।

तुम्हे पता है ना, सौतेला ऑखिरकार सौतेला ही होता है, वैसे तुम अपने बेटे को नहीं मारोगे, मैं उसे मारूँगी, जिससे तुम्हें अपने बेटे को मारने के पाप नहीं लगेगें; इला ने कहा।

हॉ-हॉ-हॉ, सही कहा इला

यदि बॉस की आज्ञा मिलेगी तब ही हमलोग पीटर को रास्ते से हटायेगें, इससे हमलोगों को एक फायदा होगा, इस 200 मीलियन डॉलर संपत्ति में से, पीटर के मरने के बाद बॉटने नहीं पडेगें; इला ने कहा।

परन्तु इला और रॉबर्ट को यह बात पता नहीं थी कि पीटर उन लोगों की सारी बाते सुन रहा था।

वाह! पिताजी, वाह! आपके इतने रंग है, मुझे पता नही था; पीटर ने कहा।

पीटर, तुम यहाँ क्या कर रहे हो?' रॉबर्ट ने कहा।

आप बताये, आप यहाँ क्या कर रहे है? अपने बेटे को मारने की साजिश; पीटर ने कहा।

तुम्हारी इतनी हिम्मत; इला ने कहा।

चुप रहो नागिन, जिसने अपने पति और बेटा को डस लिया हो, तुम क्या जानो परिवार क्या होता है; पीटर ने कहा।

खबरदार पीटर, मैं इला के खिलाफ एक शब्द बुरा नही सुनूँगा।

आपने इस औरत के लिए, मेरी माँ को तलाक दे दिया और इस तलाक से मेरी माँ को इतना बड़ा सदमा लगा कि इस दुनिया से चल बसी; पीटर ने कहा।

आप गलत हो, फिर भी मैने आप के गलत काम में साथ दिया और आप इला के साथ मिलकर मुझे मारने की साजिश रच रहे है; पीटर ने कहा।

तुम क्या बोल रहे हो, मैं इला के साथ मिलकर तुम्हे मारना चाहते है, यह सारी बाते झूठ है, भला पिता अपने ही बेटे का कत्ल क्यों करेगा; रॉबर्ट ने कहा।

मैने आपकी सारी बाते सुन ली है, मुझे आपको पिता कहने में शर्म आ रही है; पीटर ने कहा।

अब तुम्हे मुझे पिता कहने मे शर्म आ रही है जिसने तुम्हारी हर जरूरत का ख्याल रखा और कभी पैसो की कमी नहीं होने दी और तुम मुझसे सवाल कर रहे हो?' रॉबर्ट ने कहा।

मेरी आँखे खुल गई है, मैं सबकुछ ऑलिवर को बता दूँगा कि उसके पिता के हत्या करवाने में उसकी दादी का भी हाथ है और इस हत्या में कई लोग शामिल है जिन्होने इस काम को अंजाम दिया है; पीटर ने कहा।

बेटा पीटर ऐसा तुम नही कर सकते हो, इससे हमलोगो का सारा खेल समाप्त हो जायेगा और 200 मीलियन डॉलर का एक भी हिस्सा हमसभी को नही मिलेगी; रॉबर्ट ने कहा।

देखा रॉबर्ट, मैने बोला था ना, इस सौतेले बेटे में कभी विश्वास मत करना; इला ने कहा।

सही बोल रही हो इला; रॉबर्ट ने कहा।

अब हमलोगो के पास और कोई रास्ता नही है, पीटर को अब मारना ही होगा, नही तो हमारा सारा खेल खत्म; इला ने कहा।

इला जैसे ही अपना बंदूक निकालती है, पीटर भागने की कोशिश करता है परन्तु मि. ल्यूक और जासूस जस्टिन ली वहाँ पहुँच जाते है और पीटर को चारो तरफ से घेर लेते है।

पीटर, अब कहाँ भागोगे, हॉ-हॉ-हॉ; इला ने कहा।

बेटा मैने कहा था कि जरूरत से ज्यादा बोलना, अपनी मुसीबत को बुलावा देना है, अब भुगतो; रॉबर्ट ने कहा।

तुम्हारे जैसे कायर डेड हो तो, मरना पसंद करूँगा; पीटर ने कहा।

पीटर थोड़ा सा डर जाता है, अब करे तो करे क्या?

जासूस अंकल 'ली' आप ने ही मुझे यहाँ भेजा था, मेरे पिता और इला के बारे में जानने के लिए; पीटर ने कहा।

हाँ, पीटर मैने ही तुम्हे शहर से दूर भेजा ताकि तुम्हे हम सभी मार सके; जस्टिन ली ने कहा।

मुझे पता चल गया था कि तुम मि. ल्यूक की हत्या करने की प्लानिंग कर रहे हो; जस्टिन ली ने कहा।

आपको कैसे पता चला, इसके बारे में कि मै मि. ल्यूक का हत्या करने की प्लानिंग कर रहा हूँ; पीटर ने कहा।

तुम्हारे फोन के द्वारा मुझे पता है; जस्टिन ली ने कहा।

कैसे?' पीटर ने कहा।

मैने तुम्हारे फोन में एक चीप लगा दी थी जिसके द्वारा तुम्हारे हरेक हरकत का पता चलता था; ली ने कहा।

मैं तुम लोगो को मार डालूँगा, मैं किसी को अब नही छोड़ने वाला हूँ; पीटर ने कहा।

मिया की हत्या के बाद से ही हमलोगो को लग रहा था कि तुम अपने प्यार को खोने से, हमलोगों का सारा खेल खराब कर सकते हो; जस्टिन ने कहा।

बहुत बढ़िया, मिस्टर ली, आज आपने मेरा दिल जीत लिया; मि. ल्यूक ने कहा।

धन्यवाद मि. ल्यूक जी; जस्टिन ली ने कहा।

आप दोनो का बहस खत्म हो गया तो, इस पीटर का खेल खत्म करें, नही तो हमलोगो का सारा खेल खत्म; इला ने कहा।

ऐसा नही होगा इला जी; मि. ल्यूक ने कहा।

रॉबर्ट और ली, पीटर को कसकर पकड़ लेते है, मि. ल्यूक, इला को पीटर का पैर पकड़ने को कहते है, परन्तु इला, मि. ल्यूक को पीटर का पैर पकड़ने को कहती है ताकि इला पीटर को गोली कार सके।

वाह! इसे कहते है असली जवानी, मान गया इला, जवानी चली गई परन्तु बल नही गया; मि. ल्यूक ने कहा।

सही बोला मि. ल्यूक, अभी तो मैं जवान हूँ; इला ने कहा।

इला गोली भी चलाओ; रॉबर्ट ने कहा।

पीटर तुम्हारी कोई आखरी इच्छा; इला ने कहा।

पीटर इला के मुँह पर थोक देता है। इला हँसती है और पीटर के सिर पर गोली मार देती है।

लेडी डॉन की जय हो, आपको गोली मारते वक्त हाथ नहीं काँपे; मि. ल्यूक ने कहा।

अब लोगो की हत्या करते-करते आदत सी हो गई है, मैं पैसो के लिए किसी भी हद तक जा सकती हूँ सिर्फ और सिर्फ पैसो से प्यार है; इला ने कहा।

लगता है, मुझे भी बच कर रहना होगा; मि. ल्यूक ने कहा।

इला इस पीटर की लाश को कहाँ ठिकाना लगाना है; रॉबर्ट ने कहा।

इस पीटर की लाश को फार्म हॉउस के पीछे वाली नदी में फैक दो; इला ने कहा।

सभी मिलकर पीटर की लाश को बहती हुई नदी में फैक देते है। इला की फोन की घण्टी बजती है। दादी, आप कहाँ हो? इतनी रात हो गई, आपको घर पर रहना चाहिए; ऑलिवर ने कहा।

बेटा, कुछ जरूरी काम निपटा रही थी, मैं जल्द से जल्द घर पहूँच रहीं हूँ; इला ने कहा।

आपको पता नही, हमदोनो की जान को खतरा है, आप जल्दी से घर आ जाओ; ऑलिवर ने कहा।

ऑलिवर चिंता मत करो, मैं अपने खास दोस्तो के साथ हूँ, मुझे कुछ नहीं हो सकता है; इला ने कहा।

मैं कुछ सुनना नहीं चाहता हूँ, अच्छा मै फोन रखता हूँ; ऑलिवर ने कहा।

कितना बकबक करता है, लगता है इसका भी गला दबा दूँ ताकि इसका मुँह हमेशा के लिए शांत हो जाए; इला ने कहा।

शांत हो जाओ, मेरी जान; रॉबर्ट ने कहा।

मैं कैसे शांत हो जाऊँ, मैं अब बर्दास्त नही कर पा रही हूँ; इला ने कहा।

बस और एक सप्ताह का इंतजार फिर 200 मीलियन डॉलर की सम्पत्ति हमारी; जस्टिन ली।

चिंता मत करिये इला, इस चूजे की बारी भी आने वाली है, बस उसके 30 साल होने तो दीजिये; मि. ल्यूक ने कहा।

सभी कोई ठहाका मारने लगते है, हाँ हम सभी के अच्छे दिन आने वाले है। फिर फोन की घण्टी बजती है, इस बार मि. ल्यूक का फोन बजती है।

आप कौन बोल रहे है?'मि. ल्यूक ने कहा।

पुलिस कमिश्नर ऑफ क्वींसलैण्ड, मि. जॉन ब्लेक बोल रहा हूँ। कुछ समय के लिए मि. ल्यूक दंग रह जाते है, उसे पता नहीं था कि पुलिस कमिश्नर का तबादला हो गया है। गई भैंस पानी में, अब हम सभी जेल जाने वाले है।

क्या हुआ?' इला ने कहा।

नया कमिश्नर आ चुका है, अब हम सभी को ज्यादा सतर्क रहना होगा, इनके बारे में, मैने सुना है जहाँ यह कमिश्नर गया है, वहाँ नाक में दम कर देता है; मि. ल्यूक ने कहा।

मि. ल्यूक, क्या आपको सुनाई दे रहा है?' कमिश्नर ने कहा।

हाँ सर, मुझे सब साफ-साफ सुनाई दे रहा है; मि. ल्यूक ने कहा।

इस राज्य में क्या हो रहा है, इतनी सारे लोगों की हत्या हो रही है और कातिल का पता नही, तुम इसी वक्त ऑफिस में आ कर मिलो; कमिश्नर ने कहा।

यस सर; मि. ल्यूक ने कहा।

अब मुझे लगता है, हमलोगों को ज्यादा मिलना जुलना कम करना होगा क्योंकि इससे हमलोगों पर शक हो सकता है; इला ने कहा।

सभी फार्म हॉउस पर मौजूद लोग इला से सहमत होते है। उधर मि. ल्यूक, कमिश्नर के ऑफिस पहुँचते ही सवालों के घेरे में आ जाते है।

तुम बताओं, पुलिस की ड्यूटी छोड़कर, कहाँ थे?' कमिश्नर ने कहा।

सर, आप जानते ही हैं कि ब्रिस्बेन शहर में खुनी खेल चल रहा है मुझे इस शहर की हर जगहों के चप्पे-चप्पे को देखना पड़ता है; मि. ल्यूक ने कहा।

यदि आप इतने काबिल ऑफिसर होते तो, अबतक कातिल पकड़ा गया होता; कमिश्नर ने कहा।

पर सर, मैने कातिलो को पकड़ने में कोई कसर नही छोड़ी है परन्तु कातिल क्वीन्सलैण्ड पुलिस से दो कदम आगे है; मि. ल्यूक ने कहा।

मुझे अभी तुरंत, सभी मौते से जुड़ी केस की फाइलों को देखनी है; कमिश्नर ने कहा।

यस सर, मैं कल तक आपके पास सभी फाइले दे दूँगा, मुझे एक दिन का समय दीजिये; मि. ल्यूक ने कहा।

ठीक है, सिर्फ तुमको मैं एक दिन का समय देता हूँ यदि तुमने सभी मौत की फाइले मेरे तक नहीं पहुँची तो, इसका अंजाम बहुत बुरा होगा; कमिश्नर ने कहा।

मैं कहाँ फँस गया, इसे अभी ही आना था; मि. ल्यूक ने कहा।

और हाँ, मुझे पता चला है, थॉमस स्मिथ के बेटा पर कई बार हमले हुए है; कमिश्नर ने कहा।

सर चिंता मत करीये, मैं जल्द ही थॉमस स्मिथ के हत्या में शामिल लोगों को जल्द पकड़ लूँगा और ऑलिवर स्मिथ के साथ हुए हमलो में शामिल लोगों को भी।

मैं खुद भी चाहता हूँ कि थॉमस स्मिथ के हत्या में शामिल लोगो के नाम उजागर हो; कमिश्नर ने कहा।

सर, ऐसा ही होगा; मि. ल्यूक ने कहा।

मि. ल्यूक तुरंत बॉस को फोन करता है और कहता है, पुलिस विभाग से अब सतर्क रहना होगा क्योंकि नया कमिश्नर बड़ा ही ईमानदार और

निडर है, उसे मुझ पर थोड़ा सा शक हो गया है। इस कमिशनर के रहते, हमलोग ऑलिवर की हत्या नहीं कर सकते है।

तुमने सही कहा, मैं इस कमिशनर को खरीद नहीं सकता हूँ लेकिन मैं, इस कमिशनर को भटका तो सकता हूँ; बॉस ने कहा।

कैसे?' मि. ल्यूक ने कहा।

मुझे नया रास्ता निकालना होगा जिससे पुलिस विभाग के लोगों का इस केस से भटक जाए, इसके लिए जासूस 'जस्टिन ली' की ऐसी हत्या करो कि, ऑलिवर के पिता के हत्या के पीछे जासूस ली का हाथ हो; बॉस ने कहा।

पर बॉस जासूस 'ली' हमलोगों का बड़ा साथ दिया है, मैं कैसे जासूस 'ली' की हत्या कर सकता हूँ; मि. ल्यूक ने कहा।

ज्यादा सवाल नही मि. ल्यूक; बॉस ने कहा।

जैसी आपकी मर्जी; मि. ल्यूक ने कहा।

बॉस के आदेश के बाद, मि. ल्यूक, इला और उसके पति रॉबर्ट को, बॉस के दिये हुए आदेश को बताता है। इला इन सभी बातों को सुनकर चौंक जाती है।

'बॉस' ऐसा नही कर सकते है, जस्टिन ली आखिर हमलोगो का सहयोगी है भला हम लोग ली को कैसे मार सकते है; इला ने कहा।

सब जानते हो, बॉस का आदेश को कोई नही टाल सकता है, यदि ऐसा कोई करता है, उसकी मौत पक्की है; मि. ल्यूक ने कहा।

पर अपने दोस्त की हत्या कैसे कर सकते है; रॉबर्ट ने कहा।

मैं नही जानता, पर सच है कि हमलोगों को 'जस्टिन ली' को मारना ही होगा; मि. ल्यूक ने कहा।

मि. ल्यूक, जासूस जस्टिन ली को फोन लगाता है।'

जस्टिन ली, मैं मि. ल्यूक बोल रहा हूँ।

अरे, मि. ल्यूक आप, क्यों फोन किया है; ली ने कहा।

चलो यार कोई पार्टी हो जाए; मि. ल्यूक ने कहा।

किस खूशी में; ली ने कहा।

पार्टी की कोई वजह नहीं होती है, पार्टी कहीं भी और किसी भी वक्त की जा सकती है; मि. ल्यूक ने कहा।

पर किसके यहाँ पार्टी होगी; ली ने कहा।

तुम्हारे घर पर; मि. ल्यूक ने कहा।

ठीक है मि. ल्यूक, आज शाम पार्टी मेरे नाम; ली ने कहा।

शाम होती है, मि. ल्यूक वाईन की 5 बोतले लेकर जाजूस जस्टिन ली के घर पहूँच जाते है।

अरे! मि. ल्यूक, इसकी क्या जरूरत है?' ली ने कहा।

जरूरत है मेरे यार, इसके बिना जिंदगी कुछ भी नहीं आज हम दोनो दोस्त जी भरकर वाईन पीयेंगे क्योंकि आज मैने एक दिन की छुट्टी ले रखी है; मि. ल्यूक ने कहा।

इला और उसके पति क्यों नही आयें; ली ने कहा।

यदि इला रोज-रोज घर के बाहर रहेगी तो, ऑलिवर को शक हो सकता है; मि. ल्यूक ने कहा।

तुमने सही कहा; ली ने कहा।

जस्टिन ली और मि. ल्यूक ने खुब वाईन पी ली थी, कुछ घण्टो बाद पार्टी समाप्त हो जाती हैं।

मि. ल्यूक आज आपने कुछ ज्यादा पी रखी है, आप ऐसी हालत में नहीं है कि अपना घर जा सके; ली ने कहा।

मि. ल्यूक, जस्टिन ली की बात मान लेते है और वहीं उनके घर में ठहर जाते है और सुबह होते ही मि. ल्यूक ऑफिस के लिए निकल जाते है।

इधर ऑलिवर के जन्मदिन के दो दिन पहले, ऑलिवर से कमिश्नर मिलने उनके घर जाते है। घर की बेल की घण्टी बजती है। ऑलिवर, नौकर से कहता है, देखो कौन आया है?

आप कौन है? और आपको किससे मिलना है; नौकर ने कहा।

क्या ऑलिवर घर पे है?'कमिश्नर ने कहा।

हाँ बैठये, मैं ऑलिवर सर को बुलाता हूँ; नौकर ने कहा।

'शुक्रिया'; कमिश्नर ने कहा।

सर, आप से कोई मिलन चाहता है; नौकर ने कहा।

ठीक है, उनसे बोलो मैं आ रहा हूँ; ऑलिवर ने कहा।

ऑलिवर तुरंत सीढ़ी से नीचे आता है।

बोलिये क्या काम है?' ऑलिवर ने कहा।

आई एम पुलिस कमिश्नर ऑफ क्वीन्सलैण्ड

माफ करिये, मैं आपको सिविल कपड़ो में पहचान न सका; ऑलिवर ने कहा।

कोई बात नही, मैंने बुरा नही माना; कमिश्नर ने कहा।

अच्छा आप किस काम के लिए यहाँ आये है?' ऑलिवर ने कहा।

मुझे आपके पिता के मौत के बारे में जानना था कि उनके मौत के पिछे किसका हाथ है?' कमिश्नर ने कहा।

मेरे पिता के मरे हुए 30 साल होने जा रहे है और आप पुलिस वालो का, बस यही जानना है कि मेरे पिता की मृत्यु के पीछे किसका हाथ है?' ऑलिवर ने कहा।

मैं आ गया हूँ, अब सभी तुम्हारे पिता के कातिल पकड़े जायेगे; कमिश्नर ने कहा।

सभी बड़े-से-बड़े पुलिस वाले बस यही भाषण देते है परन्तु कातिल आज तक नहीं पकड़ पाये; ऑलिवर ने कहा।

मुझे सब पता है कि मेरे दोस्त के मरे हुए 30 साल हो गये है; कमिश्नर ने कहा।

आप ने क्या कहा? मेरे पिता के दोस्त?' ऑलिवर ने कहा।

सही सुना, मैं तुम्हारे पिता का दोस्त था; कमिश्नर ने कहा।

हमारे पिता के दोस्त सिर्फ और सिर्फ दो थे जिनकी मृत्यु हो चुकी है; ऑलिवर ने कहा।

तुम्हारे पिता के करीब ग्यारह दोस्त थे तुम्हे कैसे पता कि तुम्हारे पिता के ग्यारह नही, सिर्फ दो करीबी दोस्त थे; कमिश्नर ने कहा।

इस बात को लेकर दोनों के बीच बहस हो जाती है, तभी इला वहाँ पहुँच जाती है

आप मेरे पोते को ज्यादा परेशान न करे और आप होते कौन है मेरे पोते से ऐसा सवाल पूछने वाले; इला ने कहा।

वैसे मैं आपको बता दूँ आई एम पुलिस कमिश्नर ऑफ क्वीन्सलैण्ड; कमिश्नर ने कहा।

तभी तो आपकी आवाज कैंची की तरह चल रही है; इला ने कहा।

आपको शोभा नहीं देती है कि हमदोनो की बात छुप कर सुने; कमिश्नर ने कहा।

वाह! अब आप बतायेगा कि मुझे अपने ही घर में कैसे रहना है; इला ने कहा।

ज्यादा गुमराह करने की कोशिश न करे इला जी; कमिश्नर ने कहा।

आपका कहने का क्या मतलब है; इला ने कहा।

एक बात कहूँ, इला जी, आप ऑलिवर के 30 साल पूरे होने बाद क्यों आये हो, जब ऑलिवर के नाम 200 मीलियन डॉलर की सम्पत्ति का मालिक बनने वाला है, आप कहाँ थी? जब ऑलिवर पर जानलेवा हमला हो रहे थे, कहीं आप भी ऑविर के मृत्यु के बाद 200 मीलियन डॉलर की मालकिन बनना तो नहीं चाहती है; कमिश्नर ने कहा।

हे! भगवान, मैं मर क्यों नही गई, ये सब सुनने से पहले, देखा ऑलिवर तुम्हारी दादी पर कैसे-कैसे इल्जाम लग रहे है; इला ने कहा।

आप मेरी दादी पर इतना गंदा इल्जाम नही लगा सकते है; ऑलिवर ने कहा।

इला, ऑलिवर के गले लगे लगकर खुब रोने लगती है, परन्तु इला, कमिश्नर को देखकर मुस्कुरा रही थी।'

ऑलिवर एक बात सुनो मेरी; कमिशनर ने कहा।

नही सुननी है, मैं अपनी दादी पर, भगवान से ज्यादा विश्वास करता हूँ, मुझे तो आप पर शक हो रहा है, अचानक मेरे पिता के दोस्त कहाँ से जन्म हो गया?' ऑलिवर ने कहा।

तुमने सही कहा, ऑलिवर मेरे बेटे; इला ने कहा।

आप यहाँ से चले जाइये कमिशनर; ऑलिवर ने कहा।

मेरे बेटे, परेशान मत हो, मैं हूँ ना, मेरे रहते किसी की हिम्मत नहीं कि मेरे पोते से इस प्रकार का सवाल पूछ सके; इला ने कहा।

ऑलिवर, एक बार मेरी बात तो सुन लो; ने कहा।

कमिशनर, यहाँ से चले जाएँ वरना मुझे क्वीन्सलैण्ड के गर्वनर मि. जेरी को फोन करना पड़ेगा और दुबारा आपका ट्रांसफर, सिडनी में कर दूँगी; इला ने कहा।

ऑलिवर, अपना ध्यान रखना, मैं चलता हूँ; कमिशनर ने कहा।

दादी, आपको पता है, पिताजी के डॉयरी में केवल दो लोगो का जिक्र है, जिसमे मेरी माँ एमेलिया स्मिथ और मि. हेरिषण ये दोनो ही मेरे पिता के दोस्त थे, तो फिर कमिशनर ने क्यों कहा कि मेरे पिताजी के ग्यारह दोस्त थे; ऑलिवर ने कहा।

बेटा, तुम्हे इन बातो से क्या लेना-देना, तुम्हे सिर्फ अपने भविष्य की चिंता करो, वैसे तुम्हारी दो दिनों बाद, इस राज्य के सबसे बड़े बर्थडे पार्टी रखी जाने वाली है; इला ने कहा।

अभी भी मुझे समझ नही आ रहा है, मेरे पिता के मौत के कितने राज है; ऑलिवर ने कहा।

इन सब बातों में अपना दिमाग न लगाओं और आने वाली खुशियों के बारे में सोचों; इला ने कहा।

दादी आप ठीक कहती हो, मुझे अपनी आने वाली खुशी के बारे में सोचना चाहिए; ऑलिवर ने कहा।

ये हुई ना बात; इला ने कहा।

अच्छा दादी, मुझे सारे लोगो को, इस पार्टी में Invite (इनवाइट) करनी है; ऑलिवर ने कहा।

अच्छा बेटा, ऐसे ही हमेशा रहना और ज्यादा टेंशन मत लेना; इला ने कहा।

ऑलिवर अपनी दादी को थैंक क्यू कहकर अपने कमरे में चला जाता है। इधर इला अपने बॉस को फोन करती है।

बॉस हमलोगों के लिए कमिश्नर खतरा बन सकता है, आपको कुछ करना होगा; इला ने कहा।

इला, इसकी चिंता मत करो, सिर्फ तुम तीनो को और दो दिन ही अस्ट्रेलिया में रहना है, फिर तुम सब स्पेन कुछ दिनों के लिए चले जाना; बॉस ने कहां

ठीक है 'बॉस'; इला ने कहा।

ऑलिवर, सभी अपने दोस्तो को जन्मदिन की पार्टी के लिए ईमेल से निमंत्रण कर रहा था तभी कमिश्नर का फोन आता है। ऑलिवर फोन काट देता है।

कमिश्नर दुबारा फोन लगाते है, इस बार ऑलिवर फोन उठा लेता है।

ऑलिवर, मेरी बात सुनो, फोन नहीं काटना; कमिश्नर ने कहा।

मैं आपकी बातों में नही आने वाला, आप झूठे है; ऑलिवर ने कहा।

मुझे एक मौका तो दो, मैं जो कुछ बोल रहा हूँ, सभी बाते एकदम सच है; कमिश्नर ने कहा।

अभी भी आपकी बातों में मुझे झूठ महसूस हो रही है; ऑलिवर ने कहा।

बस एक बार, मैं तुमसे मिलना चाहता हूँ; कमिश्नर ने कहा।

ठीक है, पर कहाँ?' ऑलिवर ने कहा।

तुम मेरे घर पर मिलने आ सकते हो परन्तु तुम्हारा कोई पीछा कर सकता है इसलिए तुम 'हॉटेल द कैफे' में आ जाना, जहाँ में तुम्हारा इंतजार करूँगा; कमिश्नर ने कहा।

ऑलिवर के मन में काफी सवाल थे कि क्यों कमिश्नर उससे मिलना चाहते है आँखिर कौन सी ऐसी बात है जो कमिश्नर मुझे बताना चाहते है, ऑलिवर सही समय पर 'हॉटेल द कैफे' पहुँच जाता है, जहाँ कमिश्नर पहले से ही पहुँचे हुए थे।

आप क्या बताना चाहते है?' ऑलिवर ने कहा।

मैं तुम्हे, मेरे और तुम्हारे पिता का एक साथ वाला तस्वीर दिखाना चाहता हूँ ताकि तुम मुझे पर विश्वास कर सको कि मैं भी तुम्हारे पिता का खास दोस्त था; कमिश्नर ने कहा।

जैसे ही ऑलिवर उस तस्वीर को देखता है, वह दंग रह जाता है क्योंकि कमिश्नर और उसके पिता के एक साथ वाले तस्वीर थे।

जहाँ तक मुझे मालूम है, मेरे पिताजी के डॉयरी 10 मे सिर्फ दो दोस्त के बारे बताया गया है; ऑलिवर ने कहा।

ऑलिवर के पिताजी के डायरी वाली बात पर कमिश्नर चौंक जाते है।

कौन सी डॉयरी की बात कर रहे हो; कमिश्नर ने कहा।

अंकल, स्टेट लाइब्रेरी ऑफ क्वीन्सलैण्ड के लॉकर नम्बर दस में रखे एक डॉयरी की; ऑलिवर ने कहा।

मुझे उस डॉयरी को देखना है, हो सकता है जरूर उसमे कई राज छिपे हुए है जो मुझे तुम्हारे पिता के कातिल तक पहुँचा सकता है; कमिश्नर ने कहा।

अंकल, मैने इस डॉयरी को बहुत अच्छी तरह देखा है, इसमें कोई राज नही है; ऑलिवर ने कहा।

हो सकता है, किसी ने इस डॉयरी से छेड़छाड़ की हो; कमिश्नर ने कहा।

कैसे डॉयरी के साथ छेड़छाड़ हो सकती है, जबकि सारे लिखे गये हरेक शब्द मेरे पिता द्वारा लिखे गये है; ऑलिवर ने कहा।

तुम्हारे पिता ने मरने से पहले लिखे गए डॉयरी में केवल दो दोस्तो का जिक्र किया और बाकी नौ दोस्तो के बारे में क्यों नही लिखा; कमिश्नर ने कहा।

सही कहा कमिश्नर अंकल, मुझे भी और 8 लोगो के बारे में जानना है, जो मेरे पिता के दोस्त थे; ऑलिवर ने कहा।

यह बहुत आश्चर्य की बात है, वैसे तुम्हे तो पता भी नही था कि तुम्हारे पिताजी की डॉयरी उस स्टैट लाइब्रेरी में है, फिर तुम्हे कैसे पता चला; कमिश्नर ने कहा।

मेरी दादी ने बताया था कि पिताजी ने मेरे नाम की एक लिफाफा छोड़ रखी थी और उस लिफाफे में, स्टेट लाइब्रेरी के लॉकर की चॉबी थी; ऑलिवर ने कहा।

बड़ी संदेह की बात है, तुम्हारे पिताजी ने एक पत्र तुम्हारे दादी के पास भेजी थी परन्तु दादी ने क्यों नही पुलिस को बताया कि उनके पास तुम्हारे पिता का पत्र है; कमिश्नर ने कहा।

यदि क्वीन्सलैण्ड पुलिस को यदि तुम्हारे पिता का पत्र हाथ लग जाती तो जरूर है कि इस हत्या की गुथ्थी सुलझ जाती; कमिश्नर ने कहा।

ऑलिवर कमिश्नर अंकल की बातों को सुने जा रहा था क्योंकि ऑलिवर के पास इन प्रश्नों का कोई उत्तर नही था, उसके मन में अब हजारों सवाल थे जो उनके पिता के मौत से जुड़े है पर उत्तर एक भी नही था। ऑलिवर के मन मे एक सवाल था जिनका जवाब अपनी दादी से जानना चाहता था कि उन्होने पुलिस को क्यों नही बताया कि उनके पास पिताजी का पत्र हैं।

आगे कमिश्नर कहते है कि एक और बात हैरान करने वाला है कि उस लाइब्रेरी के लोगों को भी पता नही था कि तुम्हारे पिताजी का एक अपना लॉकर है, जहाँ अपनी डॉयरी रखते थे।

मुझे लगता है, लाइब्रेरी का कोई एक कर्मचारी इस राज को छिपाने में मदद की है; ऑलिवर ने कहा।

सही कहा ऑलिवर, मुझे लगता है उस लाइब्रेरी का कर्मचारी और तुम्हारी दादी में कोई ना कोई कनेक्शन तो है, मुझे जहाँ तक लग रहा है, स्टेट लाइब्रेरी का कर्मचारी और तुम्हारी दादी दोनो ने ही पुलिस को गुमराह किया है; कमिश्नर ने कहा।

कमिश्नर अंकल, आँखिर दादी पुलिस को क्यों गुमराह करेगी, थॉमस स्मिथ तो उनका अपना बेटा था, कोई भी ऐसी माँ नही होगी जो अपने बेटे के कत्ल का राज नहीं जानना चाहती हो; ऑलिवर ने कहा।

यही बात है जो मुझे जाननी है कि तुम्हारी दादी ने ऐसा क्यों किया और मैं इसकी तह तक जाऊँगा; कमिश्नर ने कहा।

तभी अचानक मि. ल्यूक गोली चला देता है परन्तु दोनो में से किसी को गोली नही लगती है इससे मि. ल्यूक झल्ला उठता है कि उसने कमिश्नर को गोली मार नही सका।

कमिश्नर तुरंत क्वीन्सलैण्ड पुलिस को इस पर आगाह कर देता है, वहाँ तुरंत पुलिस फोर्स का घेराबंदी हो जाती है और कमिश्नर और ऑलिवर को सुरक्षा घेरा में घेर लिया जाता है।

कुछ देर बाद, मि. ल्यूक पहुँचता है, क्योंकि मि. ल्यूक किसी काम को लेकर, ब्रिस्बेन शहर से बाहर गया हुआ था परन्तु मि. ल्यूक कहीं गया ही नही था। वह तो कमिश्नर से झुठ बोला था कि उसे किसी काम को लेकर बाहर जाना है।

क्या हुआ सर, मुझे गोली चलने की आवाज सुनाई दी। क्या आप ठीक है?' मि ल्यूक ने कहा।

क्या बात है, आप तो शहर के बाहर गये हुए थे, वैसे आपका टाइमिंग बिल्कुल सही है, इधर गोली चली और आप एक क्षण में हाजिर हो गए; कमिश्नर ने कहा।

अभी एक-दूसरे से सवाल-जवाब करने का नही है, अभी यह पता लगाने का समय है कि किसने आप दोनो पर गोली चलाई; मि. ल्यूक ने कहा।

आप इस क्षेत्र को सील करके, हरेक घरो की तलाशी लिजिए, पता किजिये की इसके पीछे किसका हाथ हो सकता है? हो सकता है, यह ऑलिवर के पिताजी का कातिल हो?' कमिश्नर ने कहा।

बिल्कुल सही कहा सर आपने, यह जरूर ऑलिवर के पिताजी का राज जानता होगा या फिर यही ऑलिवर के पिताजी का कातिल हो सकता है?' मि. ल्यूक ने कहा।

इतनी सारी मौते होने का मुख्य कारण है, आपने सही तरह से अपनी ड्यूटी नहीं की है, आज खुलेआम इस शहर में गोली चलाई जा रही है, लगता है यहाँ कातिलो को कोई डर-भय नही रहा, यहाँ के पुलिसों से; कमिश्नर ने कहा।

सर, आप ऐसा न कहे, मैने अपना फर्ज बहुत अच्छे तरीका से निभाया है।

आज उसी का परिणाम देखने को मिल रही है; कमिश्नर ने कहा।

सर अगली बार से इसका पुरा ध्यान रखूँगा; मि. ल्यूक ने कहा।

ऑलिवर और कमिश्नर को भारी सुरक्षा के बीच, वे दोनो को, उनके घर पहुँचा दिये गए। इधर मि. ल्यूक इला को फोन लगाता है।

आज कमिश्नर बच गया, उसका दिन बहुत अच्छा है; मि. ल्यूक ने कहा।

चिंता की कोई बात नहीं है, अगली बार कमिश्नर बचने वाला नही है; इला ने कहा।

ब्रिस्बेन के सभी घरों में क्वीन्सलैण्ड की पुलिस द्वारा छापेमारी प्रारंभ कर देती है जिसमें जासूस 'जस्टिन ली' के यहाँ भी छापेमारी होती है।

जस्टिन ली घर की बेल बजती है, तब वह सो रहे होते हैं फिर दुबारा घर की बेल बजती है, इस बार जस्टिन ली दरवाजा जैसे ही खोलते है, वह चौंक जाते है।

क्वीन्सलैण्ड पुलिस; कमिशनर ने कहा।

आप मेरे घर क्यों आयें है; ली ने कहा।

आपकी घर की तलाशी लेनी है; कमिशनर ने कहा।

आप मेरे घर की तलाशी नही ले सकते है; ली ने कहा।

यदि आपने तलाशी लेने से रोका तो, आपको गिरफ्तार किया जा सकता है; कमिशनर ने कहा।

घर की छापेमारी होती है, तभी पुलिस कमिशनर को बहुत सारी तस्वीरे मिलती है, जैसे एमेलिया, हेरिषण, पीटर, मिया और ऑलिवर इत्यादिफ सभी तस्वीरों में पेन से क्रोस के निशान थे, सिवाय ऑलिवर के।

कमिश्नर तुरन्त समझ जाते है कि इतने सारे मौत के पीछे जासूस जस्टिन ली का हाथ है। कमिश्नर अपनी बंदुक जाजूस ली के तरफ तान देते हैं

बताओ, तुम कौन हो? और तुम क्या चाहते हो?' कमिश्नर ने कहा।

आप क्या बोल रहें है मुझे समझ नहीं आ रहा है; ली ने कहा।

इन सारे तस्वीरों से तुम्हारा क्या संबंध है और क्यों तुमने इन सारे तसवीरो के ऊपर क्रोस निशान लगाया है; कमिश्नर ने कहा।

मैं इन सारी तसवीरो के बारे में कुछ नही जानता हूँ; ली ने कहा।

जितने सारी तस्वीरो में क्रोस निशान लगाये है, उनका कत्ल हो चुका है यानी तुमने सारे लोगों का कत्ल किया है; कमिश्नर ने कहा।

चिल्लाते हुए, जासूस ली कहते है मैने कत्ल नहीं किय है, मैं सच बोल रहा हूँ।

हाथ ऊपर, नही तो गोली मार दूँगा, एक भी होशियारी नही चलेगी; कमिश्नर ने कहा।

जसूस बौखला जाते है, उन्हे समझ नहीं आ रहा था कि ये सब क्या चल रहा है।

मि. ल्यूक आप तो कुछ बोलो, कमिश्नर को बताओं की इतनी मौत के पीछे किसका हाथ है?' ली ने कहा।

क्या बात है, तुम मि. ल्यूक को भी जानते हो, मुझे तो पता भी नही है; कमिश्नर ने कहा।

जस्टिन ली' आप क्या बोल रहे हो, मैं आपसे कभी मिला नही और मैं आपको जानता तक नहीं हूँ; मि. ल्यूक ने कहा।

मि. ल्यूक आप झुठ बोल रहे हो; ली ने कहा।

वाह! बचने के लिए क्या तरकीब निकाली है, किसी दुसरे पर इलजाम लगा दो; मि. ल्यूक ने कहा।

जसूस ली अपना आपा खो देते है और सीधे अपनी बंदूक को मि. ल्यूक के सिर पर लगा देते है और सभी पुलिस को कहता है, आगे मत बढ़ना नही तो, इस पुलिस को गोली मार दूँगा।

जसूस ली ने मि. ल्यूक से कहा, चलो, मुझे यहाँ से बाहर निकालो। ज्यादा होशियारी मत करना वरना गोली सिर के आर पार हो जायेगा।

तुम मजाक कर रहे हो, जासूस; मि. ल्यूक ने कहा।

नही, मैं मजाक नही कर रहा हूँ; ली ने कहा।

जासूस जस्टिन ली बंदूक की नोक से बाहर निकल जाता है।

'जस्टिन ली' यहाँ से तुरंत भाग जाइये नही तो अपकी गिरफ्तारी हो सकती है; मि. ल्यूक ने कहा।

क्या आप मेरे साथ नही जा रहें है?' ली ने कहा।

आप क्या बोल रहे हो, यदि मैं आपके साथ जाता हूँ तो, मैं भी शक के घेरे में आ जाऊँगा, आप चिंता मत करिये, मैं आपको इस मुसिबत से निकाल लुँगा बस यहाँ से भागिये; मि. ल्यूक ने कहा।

जसूस ली भागने की कोशिश करते है, परन्तु मि. ल्यूक उसे गोली मार देता है, जासूस की मौके पर ही मौत हो जाती है।

आवाज सुनते ही, कमीश्नर दौड़कर बाहर निकल जाता है। तभी देखा कि जासूस ली जमीन पर मरा पड़ा है।

मि. ल्यूक आप ने, किसके कहने पर जासूस ली को गोली मार दी; कमीश्नर ने कहा।

सर, यदि मै उसे गोली नही मारता तो, वह भाग जाता और यदि उसे जिंदा छोड़ देता तो ना जाने और कितने लोगों की जान ले लेता; मि. ल्यूक ने कहा।

तुम्हे पता है ना, जासूस ली के द्वारा हमे, ऐसी चीजे पता चलती जो अभी तक क्वीन्सलैण्ड पुलिस को पता नहीं चली है; कमीश्नर ने कहा।

सर, मुझे माफ कर दिजिये, दुबारा ऐसी गलती नहीं करूँगा; मि. ल्यूक ने कहा।

यू ईडियट, तुम्हारी गलती माफी के लायक नहीं है। पुलिस अधिकारी होते हुये भी इतनी बड़ी गलती कैसे हो गई; कमीश्नर ने कहा।

चाहे तो, मुझे नौकरी से हटा सकते है, मैं इसके लिए तैयार हूँ; मि. ल्यूक ने कहा।

वैसे तुम, जासूस ली को कब से जानते थे; कमीशनर ने कहा।

सर, मैं एक बार उनसे पार्टी में मिला था और सिर्फ नाम की दोस्ती थी और कुछ नही; मि. ल्यूक ने कहा।

कमीशनर को चिंता सताई जा रही थी कि जासूस 'ली' के द्वारा हम असली कातिल तक पहुँच सकते है परन्तु अब दूर-दूर तक कोई रास्ता नही दिखाई दे रही है।

सर, अब स्व. थॉमस स्मिथ वाला केस बंद कर देना चाहिए क्योंकि अब देश के हरेक नागरिक को पता चल जायेगा कि जासूस 'जस्टिन ली' स्व. थॉमस स्मिथ के कातिल थे; मि ल्यूक ने कहा।

कैसे?' कमीशनर ने कहा।

मैने सभी मिडिया वालो को खबर दे दी है कि मशहूर लेखक थॉमस स्मिथ के कातिल मारा गया; मि. ल्यूक ने कहा।

तुम्हारी हिम्मत कैसे हुई? तुम इतने बड़े पुलिस अधिकारी के होते हुए बिना जाँच पड़ताल किये हुए, आप कैसे कह सकते है कि थॉमस स्मिथ के परिवार वालो के मौत के पीछे केवल जासूस 'जस्टिन ली' का हाथ है? हो सकता है कि इसने इस कत्ल के अंजाम को किसी और के साथ मिलकर किया हो और एक बात मुझे खटक रही है कि इतने बड़े जासूस होने के बावजूद इतनी बड़ी गलती कैसे कर सकता है कि सारी तस्वीरों को एक अलमारी में रखा था, यह बात मुझें हजम नही हो रही है; कमीशनर ने कहा।

मि. ल्यूक पूरे गुस्से से भर गया। अब उसे लगने लगा कि इतने प्लानिंग किये परन्तु कमीशनर को अभी भी विश्वास नहीं हो रहा कि इन सारी मौतों का संबंध जासूस 'जस्टिन' ली से है, इस कमीश्नर ने सारा गेम ही खराब कर दी।

मैनें सोचा था कि मैं इन सारी मौतो का ठिकरा, 'जासूस ली' पर फोड दूँगा, परन्तु ऐसा नही हो पाया।

इधर इला अपने घर पर टी.वी. देख रही थी तभी न्यूज चैनल खोली तो देखा कि जासूस ली की मौत की खबर चल रही थी।

बेटा ऑलिवर, जल्दी आओ; इला ने कहा।

क्या हुआ दादी? इतनी चिल्ला क्यों रही हो; ऑलिवर ने कहा।

देखो आज तुम्हारे पिता का असली कातिल मारा गया; इला ने कहा।

ऑलिवर जैसे ही न्यूज देखता है, उसके होश उड़ जाते है क्योंकि उन्हे अब भी विश्वास नहीं हो रहा था कि इसके पीछे जासूस जस्टिन ली का हाथ है, जासूस 'ली' वही है जिन्हे मैने मिया की जासूसी करने को कहा था।

ऑलिवर, तुम कहाँ खो गए हो?' इला ने कहां।

कुछ नहीं दादी; ऑलिवर ने कहा।

अब तुम्हे डरने की कोई जरूरत नहीं है क्योंकि हमारे परिवार के लोगों को मारने वाला कातिल मारा गया; इला ने कहा।

दादी, आपको लगता है, एक अकेला इंसान इतने सारे लोगो को मार सकता है; ऑलिवर ने कहा।

ऑलिवर, तुम इन सारी बातों पर ध्यान नही दो क्योंकि एक ओर जासूस ली मारा गया वहीं दूसरी ओर तुम्हारा जन्मदिन; इला ने कहा।

अगले दिन सुबह कमीश्नर, ऑलिवर को फोन करते है,

ऑलिवर, जन्मदिन की ढेरसारी बधाईयाँ; कमीश्नर ने कहा।

थैंक्यू अंकल, पर आप मेरे बर्थडे पर जरूर आना, मैं आपका इंतजार करूँगा; ऑलिवर ने कहा।

एक बात और, अभी भी तुम्हारे जान को खतरा हैं, तो जरा सम्भल के; कमीश्नर ने कहा।

मि. ल्यूक, कमीश्नर की बातों को सुनकर तुरंत इला को फोन करता है।

इला थोड़ा सर्तक रहना, कमीश्नर को हमलोगो पर शक हो गया है; मि. ल्यूक ने कहा।

इसकी चिंता मत करो, आज ऑलिवर का आँखिरी दिन होगा; इला ने कहा।

उधर कमीश्नर मि. ल्यूक के बारे मे पता लगा रहे थे कि मि. ल्यूक की असली पहचान क्या है? उन्होने कम्प्यूटर खोला और उसकी जानकारी लेने लगे, तभी पता चला कि मि. लूकस ही मि. ल्यूक है, यानि मि. ल्यूक ही क्वीन्सलैण्ड के स्टेट लाइब्रेरी के कर्मचारी है अर्थात यह वही कर्मचारी है जो थॉमस स्मिथ से जुड़ी लॉकर वाली बात को जानता था परन्तु इसने कभी नहीं किसी को बताया।

कमीश्नर ने कहा, नही-नही, मुझें तुरंत ऑलिवर को फोन करना चाहिए, उसकी जान को खतरा है परन्तु जब कमीश्नर ऑलिवर को फोन लगाता है, तब ऑलिवर का फोन स्वीच ऑफ बता रही होती है।

इधर धुमधाम से पार्टी शुरू होने वाली होती है परन्तु पार्टी में केवल तीन लोग ही पहुँचे थे जिसमे केवल वकील रॉबर्ट, मि. ल्यूक और इला शामिल थी।

दादी पार्टी का केंक कटने वाला है और अभी तक कोई लोग क्यों नहीं पहुँचे है?' ऑलिवर ने कहा।

ऑलिवर, मैने लोगों को मना कर दिया था क्योंकि मैं नही चाहती थी कि तुम्हे कोई खतरा हो; इला ने कहा।

कैसा खतरा, मैं समझा नही; ऑलिवर ने कहा।

पार्टी में मौजूद सभी लोग हँसने लगते है। ऑलिवर समझ नहीं पा रहा था कि ये लोग ऐसी हरकत क्यों कर रहे है?

आप लोग इतना हँस क्यों रहे है; ऑलिवर ने कहा।

हँसु नही तो रोऊँ क्या? ओ, मेरे बेटे, तुम कितने नादान हो, तुम्हे पता भी नही है कि आज तुम्हारा आँखिरी दिन है; इला ने कहा।

दादी, आप ऐसा क्यों बोल रही है? मेरा आँखरी दिन का मतलब क्या है?' ऑलिवर ने कहा।

तुम्हारी मौत; इला ने कहा।

आप ऐसा नहीं कर सकती हो आँखिर मैं आपका पौता हूँ।

मैं ऐसा ही करूँगी बेटा हा-हा-हा; इला ने कहा।

पुलिस अंकल आप क्यों नही कुछ बोल रहे है; ऑलिवर ने कहा।

मैं कैसे बोलूँ, मेरे दामाद जी; मि. ल्यूक ने कहा।

मैं आपका कैसे दामाद हुआ, जबकि आप मिया के अंकल हो; ऑलिवर ने कहा।

आप तीनों ने ही मेरे पिता को फाँसी लगाकर मार डाला, आपको भगवान कभी माफ नहीं करेगा; ऑलिवर ने कहा।

तीनो जोर-जोर हँसने लगते हैं। ऑलिवर अपने फोन से कमीशनर को फोन लगाता है तभी पता चलता है कि फोन में बेटरी ही नही है जो पहले

ही इला ने फोन से बैटरी निकाल ली थी जिसके कारण ऑलिवर कमीश्नर को फोन नहीं लगा सकता था।

ऑलिवर, क्या तुम्हारा फोन नही लग रहा, है बेचारा मैने ही तुम्हारे फोन की बैटरी निकाली थी हा-हा-हा; इला ने कहा।

जरूर मेरे कमीश्नर अंकल यहाँ पहुँचते होंगे; ऑलिवर ने कहा।

मेरे प्यारा बेटा, कितना भोला है, तुम्हारे कमीश्नर अंकल की मैंने ट्रांसफर करवा दिया और तेरे प्यारे कमीश्नर अंकल सिडनी जा रहें है; इला ने कहा।

यह नहीं हो सकता है?' ऑलिवर ने कहा।

यही हुआ है मेरे बच्चे, मैनें गवर्नर से बात करके उनका ट्रांसफर करवा दिया।

एक तरफ कमीश्नर सिडनी जाने की तैयारी करने लगें और दूसरी तरफ ऑलिवर मौत से खेल रहा, था उसे समझ नही आ रहा था कि इस मुसीबत भरी समय में कैसे अपनी जान को बचाऐ।

मेरे प्यारे पति राबर्ट, वसीयत का कागजात तो लाना; इला ने कहा।

ऑलिवर, अपनी दादी की कही इस बात पर काफी हैरान हो जाता है, आँखिर राबर्ट ने कब उसकी दादी से शादी की है और मुझे पता भी नही है।

इला, ऑलिवर से कहती है इसमें हैरानी वाली कोई बात नही हैं, राबर्ट मेरे पति है, इन्होने ही मेरे नीरस जिंदगी में जान डाली, नही तो, मैं कब की मर चुकी होती।

छी, मुझे तो अब, आपको दादी कहने में शर्म आ रही है, आप इतना गिर सकती हो, मुझे पता भी नहीं है कि आपने किन-किन लोगो को धोखा दी है, कम से कम अपनी उम्र का ख्याल तो रख लेती; ऑलिवर ने कहा।

हाँ, मैं ऐसी ही हूँ इसका जिम्मेदार तेरे दादाजी थे, जिन्होने मुझे एक खैलोना की तरह समझते थे, वे कभी मेरा सम्मान तक नहीं करते है; इला ने कहा।

आप बहुत बड़ी फरेबी औरत है जो दूसरो में दोष मड़ने का काम करती हो और एक झूठी औरत भी हो; ऑलिवर ने कहा।

फरेब तो तेरे दादाजी ने किये थे; इला ने कहा।

कैसा फरेब?' ऑलिवर ने कहा।

उन्होने कहा था, शादी के बाद मैं एक लेखिका के रूप में काम करूँ परंतु उन्होने मुझे कभी भी लेखिका बनने नही दिया; इला ने कहा।

बिल्कुल झूठ, मैंने सुना है मेरे दादाजी आपको बहुत प्यार करते थे और वे कभी भी किसी को बाधा नहीं पहुँचाते थे, वे हमेशा लोगों की मदद करते थे; ऑलिवर ने कहा।

तुम्हे पता है, वे मुझे एक नौकरानी की तरह पेश आते थे वे चाहते थे कि मैं सिर्फ घर के अंदर ही अपना दम तोड़ दूँ, तेरे दादाजी अपने समय के बहुत बड़े जाने माने लेखक थे, उन्होने अपने समय में बहुत नाम कमाये थे, बस जिंदगी में एक ही गलती की थी; इला ने कहा।

कैसी गलती?' ऑलिवर ने कहा।

तेरे दादाजी ने 200 मीलियन डॉलर की संपत्ति को अपने बेटे थॉमस स्मिथ के नाम कर दी थी, जोंकि मुझे बिना बताये किये थे, शुक्र है, मेरे उस समय के सबसे अच्छे और सच्छे बॉयफ्रैण्ड रॉबर्ट का जिसने मुझे सब कुछ बता दिया; इला ने कहा।

जैसे बॉयफ्रैण्ड, वैसा उसकी प्रमिका दोनों ही धोखेबाज, जो दूसरो को केवल ठगने के लिए ही पैदा हुए है; ऑलिवर ने कहा।

चुप चुजे के बच्चे, तुम्हे पता है मैने अपनी पुरी जिंदगी अपने परिवार की खुशहाली में लगा दी और मिला क्या? सिर्फ और सिर्फ जिल्लत भरी जिंदगी। मैंने उसी दिन मेरे कॉलेज के दोस्त रहे रॉबर्ट जोकि अब पति बन चुका है, के साथ मिलकर, तुम्हारे दादाजी के कार ब्रेक फेल करवाकर मार डाला; इला ने कहा।

बीच्च (bitch), आप अपने ही परिवार को खा गई, डायन भी नौ घर बाद वार करती है, आपको अपने ही पति को मरवाने मे, शर्म नहीं आई; ऑलिवर ने कहा।

मुझे कैसे शर्म आ सकती है, मैं ही हूँ, जिसने तुम्हारे पिताजी को मरवाने वालों में से एक हूँ; इला ने कहा।

मैं तुम्हे मार डालूँगा, आपने मेरे पिताजी को भी खा गई, कैसी औरत हो आप?' ऑलिवर ने कहा।

मैं अपने बेटे थॉमस स्मिथ को जान से मारना नहीं चाहती थी परन्तु थॉमस ने भी वही पिछली गलती की जैसे तुम्हारे दादाजी ने की थी, तुम्हारे जन्म के साथ ही 200 मीलियन डॉलर की सम्पत्ति का वसीयतनामा बनवा डाली, 'मैंने अपने आप से कहा, जिस औरत ने इतनी मेहनत से अपने बेटे को बड़ा किया और मुझे दुबारा क्या हाँसिल हुआ? कुछ भी नही; इला ने कहा।

सिर्फ पैसो के लिए रिश्ता निभाती हो क्या? आप कैसी औरत हो?

जिन्होने पैसो के लिए अपने पति और यहाँ तक की अपने बेटे को भी मार डाला; ऑलिवर ने कहा।

इला फिर हँसती है, मैंने ना सिर्फ पति, बेटा बल्कि पीटर मिया और 'जस्टिन ली' को मरवा डाला।

और सिर्फ 200 मीलियन डॉलर के लिए; ऑलिवर ने कहा।

हाँ, मै पैसो के लिए किसी का भी खून कर सकती हूँ; इला ने कहा।

ऑलिवर चिल्लाते हुए इला पर हमला करने की कोशिश करता है परन्तु मि. ल्यूक ऑलिवर के पैर पर गोली चला देता है, ऑलिवर उसी जगह गिर पड़ता है, वह खूब चिल्लाता है परन्तु उसकी आवाज, पटाखों की आवाज से दब जा रही थी, ऑलिवर फिर से उठने का प्रयास करता है और इला पर एक बार फिर हमला करने की कोशिश करता है परन्तु इस बार भी मि. ल्यूक उसके दूसरे पेरो पर गोली मार देता है। ऑलिवर चिल्लाता और रोता परन्तु उसकी दर्द कोई सुनने वाला नही था।

इला कहती है, मुझे मारोगे मेरे प्यारे पोते, जिसने इस (200 मीलियन डॉलर) 'धन की प्यास ' के लिये ना जाने कितने लोगो के खुन किये है।

इला आगे कहती है क्या तुम्हे पता है, मैने ही मि. ल्यूक की सहायता से उस स्टेट लाइब्रेरी के लॉकर रूम में रखी डॉयरी की चोरी की ताकि मैं जान सकूँ कि तुम्हारे पिता ने उस डॉयरी में क्या लिखी थी।

जब मैनें उस डॉयरी को देखा तो दंग रह गई, मुझे पता भी नहीं था कि तुम्हारे पिता ने ही, उस डॉयरी में ऐसी राज लिखी थी जिससे हम सभी मुसिबत में फँस सकते थे।

तुम्हारे पिता जान चुके थे कि उनको कोई जहरीली दवा दी जा रही है और इन सब के पीछे कौन-कौन शामिल थे उन्हें पता चल चुका था।

मैने जब थॉमस का डॉयरी पढ़ी जिसमे मौत के ओर ले जाने वालो के नाम हैं तो मैं उस डॉयरी के अंतिम तीन पेजों को फाड कर उस जगह तीन नया पेज चिपका दी जिसमे केवल दो लोगों के नाम थे जो मैने लिख डाली।

ये कैसे हो सकता है, क्योंकि सारी लिखावटे बिल्कुल पिताजी के तरह थे; ऑलिवर ने कहा।

तुम्हे कैसे मालूम पड़ता, मैं तुम्हारे पिता के लिखावट को अच्छी तरह से, उसी प्रकार लिख सकती हूँ; इला ने कहा।

मैं तो अपकी इसी बात का कायल हो चुका हूँ इला; मि. ल्यूक ने कहा।

आपने 200 मीलियन डॉलर के लिए मेरे पिताजी और दादाजी को मार डाला, मैं तुम्हे नहीं छोड़ूगा, ऑलिवर पास में रखे चकू से इला पर हमला करने की कोशिश करता है परन्तु इला अपने आप को बचाने के लिए, अपने दुसरे पति को अपने आगे खड़ा कर देती है, चाकू रॉबर्ट के आर-पार हो जाती है।

इला तुमने ऐसा क्यों किया?' रॉबर्ट ने कहा।

मैं अपने आप को बचाने के लिए किसी की भी जान ले सकती हूँ, बॉय-बॉय मेरे प्यारे पति; इला ने कहा।

रॉबर्ट की कुछ देर बाद मृत्यु हो जाती है। ऑलिवर एक बार फिर इला पर हमला करने की कोशिश करता है, परन्तु इस बार भी इला बच जाती है।

मि. ल्यूक, ऑलिवर को खत्म कर दो; इला ने कहा।

मि. ल्यूक, ऑलिवर पर पाँच गोली चलाता है, परन्तु ऑलिवर अपने आप को बचा लेता है।

मि. ल्यूक, इसे मारना बहुत जरूरी है वरना मेरी इतनी सालो का मेहनत खराब हो जायेगी, आज किसी भी हालत में ऑलिवर को मरना पडेगा।

इला मेरी बंदूक की सारी गोली खत्म हो चुकी है; मि. ल्यूक ने कहा।

इला हँसती हुई कहती है, गोली से ऑलिवर को मार नही सकते है तो क्या हुआ? ऑलिवर को जलाकर मार तो सकते हैं।

इला और मि. ल्यूक, ऑलिवर को रस्सी के सहारे बाँध दिये।

जल्दी करो, मि. ल्यूक, पुलिस के आने से पहले इसे पूरी तरह जला डालो; इला ने कहा।

मि. ल्यूक पूरे कमरे मे केरोसिन छिड़क देता है। इला आँखरी बार, अपने पोते से कहती है, अपना ध्यान रखना मेरे बच्चे। दोनो, घरो में आग लगाकर स्पेन की ओर निकल जाते है।

इधर ऑलिवर आग से बचने के लिए बड़ी मेहनत करता है परन्तु तब तक बहुत देर हो चुकी थी, ऑलिवर पुरी तरह आग की लपेट में आ चुका था।

पुलिस कमीश्नर तुरन्त ऑलिवर के घर पहुँच जाते है। तब उसने देखा ऑलिवर का घर जल कर राख हो चुकी थी, कमीश्नर ने कहा, मेरे बच्चे माफ कर देना, मैं तुम्हें बचा नही सका।

उधर इला और मि. ल्यूक, स्पेन में अपने जीत का जश्न बनाते है।

आँखिर हम दोनो की जीत हो ही गई, इस खुशी में एक मेरे तरफ से कॉकटेल हो जाए; इला ने कहा।

कही मेरे ऊपर डोरे तो नहीं डाल रहीं हों?' मि. ल्यूक ने कहा।

जो समझना है, समझ लो, एक कॉकटेल ऑलिवर के मौत के नाम; इला ने कहा।

इसमे कुछ मिलाया तो नही है, तुम्हारी जैसी जहरीली औरत पर, पूरी तरह भरोसा नहीं करता। फिर भी मुझे तुम्हारी जैसे औरतो से चूहा-बिल्ली का खेल पसंद करूँगा, मि. ल्यूक जैसे ही कॉकटेल पीता है उसे धीरे-धीरे चक्कर आने लगता है, इला तुरंत वहाँ से फरार हो जाती है, परन्तु इला को पता नहीं था कि अभी तक मि. ल्यूक मरा नहीं हैं।

उधर इला अपनी जिंदगी का नया दौर न्यूर्क सीटी में शुरुआत कर चुकी थी। इधर मि. ल्यूक स्पेन में ही अपनी जिंदगी की शुरूआत कर चुका था।